ubook

Hernane Cardoso

# MAIOR QUE O MUNDO

Todo gordo tem uma história.
Esta é a do João.

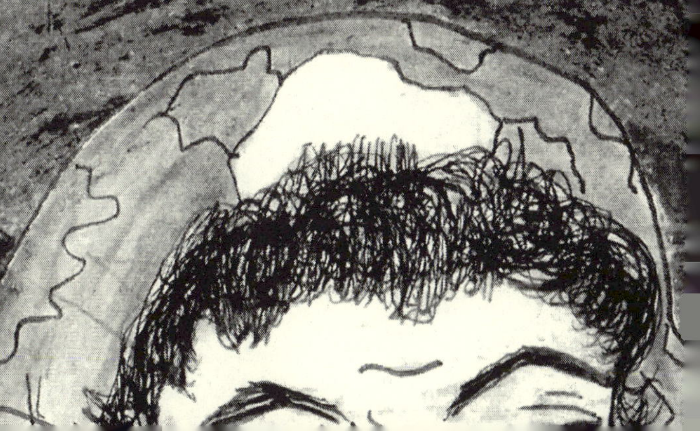

ubook

PREPARAÇÃO Victor Almeida
REVISÃO Victoria Rebello (VinteVinte Editorial) e Roberto Jannarelli
CAPA, PROJETO GRÁFICO E DIAGRAMÇÃO Bruno Santos
ILUSTRAÇÕES DE MIOLO Rodrigo Arruda

Dados Internacionais de Catalogação na Publicação (CIP)
(Câmara Brasileira do Livro, SP, Brasil)

Cardoso, Hernane
Maior que o mundo / Hernane Cardoso. -- Rio de Janeiro : Ubook Editora, 2020.

ISBN 978-65-5875-031-4

1. Ficção brasileira 2. Obesidade I. Título.

20-47347 CDD-B869.3

**Ubook Editora S.A**
Av. das Américas, 500, Bloco 12, Salas 303/304,
Barra da Tijuca, Rio de Janeiro/RJ.
Cep.: 22.640-100
Tel.: (21) 3570-8150

*Para Maria Soares, esposa e amiga.*
*Sem você este livro não seria possível.*
*Para Teresa Cristina, mãe e incansável incentivadora.*
*E para Jade Maria, minha melhor amiga.*

# PREFÁCIO
# SOBRE O AUTOR

O trabalho de ator exige uma dose de autoconhecimento que, aparentemente, não é pré-requisito para a maior parte das profissões. Aparentemente. Acredito que não haja pessoa, em qualquer profissão, que não tire real proveito de conhecer melhor a si mesma. Muitos anos atrás, quando eu já havia estudado bastante sobre teatro, alguma coisa sobre psicologia e pouquíssima coisa sobre mim mesma, ouvi um professor de técnicas de representação dizer que todos temos três camadas de percepção de nós mesmos:

— Há o modo como gostaríamos que os outros nos enxergassem e o modo como os outros nos veem — disse ele.

— E o terceiro? — perguntei, na minha juvenil inocência autocentrada.

— O terceiro é o modo como verdadeiramente somos.

Esse ensinamento, e a revelação que ele trouxe consigo, não me fez uma atriz melhor. Mas, ao me fazer uma pessoa melhor,

permitiu que eu me transformasse numa atriz mais competente. Ninguém perde nada ao se conhecer. E, para nos conhecer melhor e aceitar aquilo que verdadeiramente somos, é fundamental refletir sobre o modo como gostaríamos que o mundo nos enxergasse. Esse sim, geralmente ancorado em pressões e cobranças sociais que a grande maioria das pessoas conhece na própria pele, é o grande desafio para qualquer um de nós. Não porque seja difícil contestar padrões estéticos irreais ou valores fúteis vigentes num mundo governado por redes sociais pessimamente reguladas, repletas de falsas aparências fabricadas artificialmente para nos confundir. Mas porque há nesse mundo um componente que não podemos controlar: o modo como o mundo nos enxerga.

Quem viu Hernane Cardoso no palco conhece seu talento inquestionável como ator e autor. Em cena, atores usam o corpo inteiro para contar uma história. A voz e o movimento se misturam com a palavra, o humor e outros aspectos inefáveis da literatura. A parte visível é a presença física; o resto é o infinito que atores e plateia construirão juntos a cada encenação. Mas, em um livro, esse trabalho é dos leitores. Todas as personagens passam a existir na sua imaginação e, de certo modo, com a sua voz e o seu corpo. Mesmo leitores que nunca tenham visto o Hernane no palco, tenho certeza, serão capazes de imaginar e viver a dor e a delícia de ser o João. De se apaixonar e ter medo

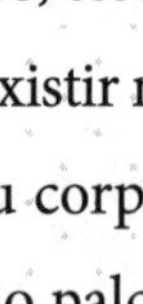

da rejeição, de conhecer o próprio valor mas ter pudor de chamar a atenção para si, de saber que merece afeto ou reconhecimento e ter negado esse direito por não pertencer a qualquer que seja o padrão da vez. Porque todos somos o João. Você pode ser uma pessoa mais baixa que as demais, pode ser que sua orientação sexual incomode alguém, pode ser a pessoa maluca em meio a um bando de caretas, ou certinha demais aos olhos dos doidões. Todo mundo já teve que tentar ser alguém que não é. Mesmo assim, ninguém jamais conseguiu mudar a imagem que outros faziam de si.

De que importa a forma do corpo, quando a mensagem do Hernane é tão clara? O encontro consigo mesmo é a viagem que vale a vida. E, ainda que uma parte do mundo não recompense quem você verdadeiramente é, essa parte não é todo o mundo. Tem muita gente que é igual a você. Que olha para a beleza do lado de dentro e a enxerga refletida no lado de fora como algo igualmente belo. Na imperfeição perfeita da vida. Porque, dentro e fora, é tudo você. Porque olhar para dentro é crescer.

Crescer, não para que você caiba no mundo, mas sim para que o mundo caiba dentro de você.

*Graziella Moretto*

*Lisboa/2020*

# SEGUNDO PREFÁCIO SOBRE O AUTOR

Quem tem a felicidade de ser amigo do Hernane não precisa ir à Disney. A companhia dele provê diversão mais do que exuberante. Em uma ocasião, excursionávamos pelo interior do Paraná. O caminho era longo e monótono. Havíamos percorrido uns cem quilômetros sem que ninguém no carro tivesse dito uma única palavra. Estávamos todos imersos em nossos mundos pessoais, sonhando acordados, hipnotizados pelo mar das plantações...

Quando então, súbito, do nada, sem fazer introdução nem pedir licença, Hernane declarou com naturalidade assustadora:

— Minha primeira namorada morreu engasgada com uma pipoca.

Minha reação foi imediata:

— Desça já do carro — ordenei, sufocando em angustiosa hilaridade.

Para meu espanto, ele se surpreendeu com a comicidade que me provocara o anúncio daquela tragédia; e eu ainda tive que explicar que ele havia nos arrancado do mais sagrado sossego com a notícia desoladora...

— Mas qual? — perguntou ele, agora já por malícia.

— A morte — respondi, seco.

E passamos a nos esbaldar de rir com a erupção de tão inoportuno assunto. Assim é o convívio com o Hernane: uma montanha-russa de emoções inesperadas.

A dramaturgia dele, de onde este livro se origina, tem as mesmas qualidades de sua companhia: imensa originalidade e instinto para a diversão. A primeira versão de Maior que o mundo se deu no teatro, com a peça. Em outra viagem de carro, dessa vez a caminho do Rio vindo de São Paulo, Hernane me perguntou se poderia ler as primeiras páginas, recém-escritas. Foi uma glória. A peça era tão boa, tão boa, que ele terminou lendo-a por inteiro a meu pedido. Humor profundo e da melhor qualidade. Leiam. Vai ser divertido.

*Pedro Cardoso*

*Lisboa/2020*

# PARA QUE SE ENTENDA ESSA RELAÇÃO

Eu tento negar. Quando encontro você, tento desesperadamente procurar outra opção. Olho para os lados e até vejo a fuga, mas alguma coisa me faz continuar com você. É inexplicável. Não consigo me lembrar da primeira vez… a nossa primeira vez. Só me recordo de ser avassalador e feroz. Uma vontade absurda de ser um só. O cheiro, o toque, o gosto. E foi assim. Você preencheu os espaços vazios, no corpo e na alma, e agora não consigo imaginar o futuro sem você. Mas chegamos ao fim. Eu preciso conseguir. Meus amigos abriram os meus olhos e eu não quero mais. Você não é o centro do mundo, nem a razão de tudo existir e acontecer. Preciso seguir, dar um passo de cada vez, e o primeiro é este.

*Eu não quero mais você.*

# CAPÍTULO 1

Eu não sabia muito bem o que esperar desse primeiro encontro. Estava na recepção de um prédio comercial na Tijuca, bairro "sulista" da Zona Norte carioca. Meu destino era a sala 703. Chamei o elevador e, nos 57 segundos que ele demorou para chegar, pensei em desistir umas sete vezes. Subi. Sétimo andar.

Acho que todo elevador tem um espelho. Sempre são esses espelhos grandes, que tornam quase impossível a missão de se esconder do reflexo. Quando o meu olhar encontrou comigo mesmo, me concentrei em meus olhos, tipo aquele jogo em que quem pisca primeiro é o assassino. Tentei não olhar para o resto. Não tinha como voltar. Era a hora. Caminhei pelo corredor rapidamente. Acho que a pressa era a única forma de desistir de desistir. Toquei o interfone. A porta se abriu sozinha depois daquele barulho característico de portões automáticos. Entrei.

O ambiente me surpreendeu. Sempre achei que lugares

como esse fossem decorados com móveis velhos e cercados por estantes de livros empoeirados. Nada disso. Era relativamente moderno, com móveis coloridos e uma mesa de centro amarela. Onde deveria ter um divã, tinha um aglomerado de caixas de madeira em diversas cores, coberto por almofadas feitas sob medida. Dava para deitar e tudo. Bem legal. Olhei para os lados e não vi ninguém. Fiquei na dúvida se sentava ou não, mas preferi esperar. Nada. Passaram-se sete minutos e ainda nada. Já estava ficando cansado de nervoso.

Desisti de esperar. Sentei. No mesmo instante em que minhas nádegas alcançaram as almofadas, uma porta no canto da sala se abriu e eu levantei assustado. Era ele.

— Desculpe o atraso.

— Imagina! — Acho que exagerei no tom da resposta, mas saiu quase que no automático.

— João de quê? — perguntou ele, preenchendo uma ficha ou algo do tipo.

— João Cerqueira. Vinte e nove anos.

— Qual é o seu peso, João? — perguntou ele, sem olhar para mim.

Achei ofensivo. Como se faz uma pergunta dessas sem nem olhar no meu olho?

— Não sei...

— Como assim?

— Como "como assim"? Não sei. Não me peso.

— E qual é o motivo de não se pesar?

Nesse momento achei ofensivo o fato de ele me olhar nos olhos ao indagar isso. Milhares de respostas me passaram pela cabeça. Normalmente tenho respostas ótimas para qualquer pergunta, mas o olhar dele me desestabilizou.

— Não tenho o hábito.

— Entendi.

Ele sorriu enquanto completava com mais informações a tal ficha que segurava. Esse foi o momento em que consegui analisá-lo também. Magro, calça jeans meio surrada, tênis all star básico, uma blusa polo preta e velha. Eu arriscaria dizer que ele tem uns quarenta e cinco anos. Talvez cinquenta, não sei ao certo. Não consigo explicar o que me deu nesse momento, mas eu simplesmente falei.

— Eu sei que você precisa me investigar, saber dos meus dramas e conflitos para poder me preparar psicologicamente para a cirurgia, mas estou seguro e preparado. Eu sei que é de praxe, mas um amigo meu fez há pouco tempo e me contou tudo sobre as etapas. Existe o medo de que eu não aceite a possibilidade de ficar completamente diferente, de não poder mais fazer as coisas do jeito que eu faço e, se eu não me cuidar, de voltar a ser como antes. Sendo muito sincero, eu não seria burro de ter esse trabalho todo para depois voltar para o mesmo lugar.

Ele ficou me olhando com a boca um pouco aberta, ensaiando um meio sorriso, e anotou mais alguma coisa. Minha boca secou absurdamente. Fui até o filtro de água, desses de galão, e bebi uns três copos seguidos.

— Se tivéssemos que escolher um motivo, qual seria esse motivo?

Silêncio. Na verdade, o tique-taque do relógio não deixou que o silêncio fosse absoluto, mas eu e ele nos calamos.

— Preciso colocar um motivo aqui — explicou. — Podemos mudar depois, mas só para ter um motivo agora, qual seria?

Não consigo lembrar o que foi resposta e o que foi pensamento. Acho que você que está lendo isto aqui já deve ter passado por algo semelhante. Você acha que respondeu tudo o que lembra, mas provavelmente só respondeu uns trinta por cento do que pensa ter respondido. Não? Isso sempre acontece comigo. Eu respondi que era por uma questão de saúde. Não era por complexo com meu corpo ou algo do tipo. Talvez eu tenha feito outro silêncio depois disso e me acomodado melhor nas almofadas. Preciso melhorar essa mania de não conseguir esconder as verdadeiras histórias que existem em mim. É coisa de maluco mesmo. Eu consigo assumir posturas que não são as minhas preferidas e todo mundo é capaz de acreditar nelas, mas eu simplesmente não consigo esconder a verdadeira história que existe na resposta para a pergunta que me foi feita. A cabeça quase deu um nó. Ele parecia gostar disso tudo, mas eu queria sair correndo e voltar para o colo da minha mãe. Não é complexo, eu juro! É por uma questão de saúde. E por ela. Por causa dela.

Sei que pode parecer besteira fazer isso por causa de alguém, mas o motivo importa? Importa mesmo?! Então o motivo é ela. Amanda. A gente se conheceu por acaso. Me lembro de entrar na sala de aula no primeiro dia de faculdade e ela estava lá. Linda. Dessas belezas que nos deixam sem fala, sabe? Ela estava conversando com algum amigo idiota. Conversando não, ela estava jogada no colo desse cara. Mesmo assim, o mundo parou. Sabe como é isso? Você olha para alguém e, de repente, o mundo inteiro para de acontecer e só acontece aquele olhar? Os olhos em simetria com nariz e boca. O sorriso era o mais bonito que eu já tinha visto. Fiquei completamente embasbacado. Toda vez que lembro dessa cena, procuro um adjetivo melhor para o que senti, mas "embasbacado" continua sendo o que mais se aproxima de uma tradução perfeita. Talvez eu não quisesse assumir isso, mas depois de tanto tempo ficou claro que só faltava isso para que a gente ficasse junto de verdade.

Isso de emagrecer.

Mas essa decisão não tem relação com qualquer problema que eu tenha por ser gordo. Desculpe. Não é legal ficar falando essa palavra. Gordo. Escrever, então, é uma merda, né? Essa palavra se transformou num adjetivo negativo. Eu nunca vi problema, não mesmo. Eu preferia que as pessoas me chamassem de gordo do que de obeso. De uns tempos para cá, tenho visto muitos vídeos na internet falando sobre isso. Parece que uma galera acha que chamar alguém de obeso é a mesma coisa que chamar essa pessoa de doente, mas acontece que nem todo gordo é doente, então é melhor chamar essa pessoa de gordo. Acho muito engraçado quando as pessoas vão falar "gordo", mas ficam com vergonha ou medo de me ofender. Tentam mudar na hora e acabam se enrolando. "Você não é gordo, você é forte." Há! Ou então: "Você não é gordo, você tem os ossos largos." Triste decadência. Na real, eu sempre caguei pra opinião dos outros. É que quem fica se incomodando muito com a opinião dos outros tem... sei lá... falta de amor-próprio.

Acontece que o mergulho foi inevitável. Entende isso? Ok, vou criar uma imagem para que possa entender. Imagine uma

pool party. Isso mesmo, uma festa na piscina. Eu detesto usar termos em inglês, mas tem coisas que são tão americanas que não tem como fugir. Tipo ketchup. Ninguém diz "molho de tomate temperado com vinagre e outros condimentos, de sabor levemente adocicado". Todo mundo fala ketchup. Enfim, vamos à festa na piscina. Preciso lembrar que essa festa na piscina acontece no Brasil. Melhor, no Rio de Janeiro. Então adapte sua imaginação. A vida real não é um filme teen americano. Teen, não. Adolescente! Filme adolescente. Desculpe novamente. Vamos lá! Imagine essa festa na piscina. Agora imagine que você foi para essa festa sem roupa de banho. Você tem o direito de ir para uma festa na piscina e não querer mergulhar, certo? Certo. Mas as pessoas não concordam com isso e sempre vai ter um infeliz metido a engraçado que vai esperar um momento de distração para te empurrar na piscina. Você não queria mergulhar, mas o mundo girou de repente e, quando você percebeu, já tinha mergulhado e engolido meio litro de água com cloro. Foi isso que aconteceu comigo depois da primeira conversa com o psicólogo. Eu mergulhei.

Sem querer, mas mergulhei.

# CAPÍTULO 2

Eu não sei quando comecei a engordar. Até lembro de ser magro quando era pequeno. Bem pequeno. Muito pequeno. Lá pelos sete ou oito anos. Não lembro ao certo. Um dia estava andando na rua e alguém virou para mim e falou:

— E aí, gordinho?

Eu realmente me assustei. Corri para casa e, quando olhei no espelho, percebi que era verdade. Eu, de fato, estava gordo. Agora, como aconteceu eu não sei. É engraçado isso. A pessoa engorda e não percebe que engordou. Preciso falar mais sobre a minha mãe, não é? Acho que é meio instintivo que você queira saber da minha mãe, até porque é quase uma obrigação de mãe cuidar da alimentação dos filhos. Então vamos lá.

Minha mãe casou com vinte e poucos anos e teve três filhos. Duas meninas e eu. Eu sou o caçula da família. A relação dela com meu pai nunca foi maravilhosa. Isso é o que eu me lembro. Talvez eles tenham sido felizes antes do

meu nascimento, mas onde minha memória alcança, não tinha felicidade. Era esquisito. Uma sensação de que uma briga poderia começar a qualquer momento, sabe como é? Acho que toda essa instabilidade no casamento fez com que a minha mãe se dedicasse exclusivamente aos filhos. Mais do que deveria, entende? Ver a nossa felicidade era o principal para ela. Se almoçar às quatro da tarde fosse um desejo nosso, ela aceitava. Eu nunca tive horário, nem quantidade. Minha mãe nunca me disse para colocar menos comida. Isso me deixava feliz e ela sabia disso, por isso liberava que eu comesse o quanto quisesse. Amor de mãe é isso, não é? A felicidade dos seus pequenos.

Não estou dizendo que engordei por causa dela, até porque minhas irmãs tiveram a mesma criação que eu e não engordaram, mas sempre escuto que precisamos entender os nossos pais para nos entendermos melhor. E esse é o entendimento que tenho da minha mãe. Ela queria me ver feliz. Pensando na família, acabei lembrando do meu primo Eduardo, filho do irmão do meu pai. Ele falava para todos nas festas da família que não deveriam ficar fazendo comentários sobre eu estar engordando. Ninguém nunca falou nada diretamente para mim, mas eu escutava ele me defendendo. Acho engraçada essa mania dos adultos de acharem que crianças são surdas ou idiotas. Eu escutava os comentários e, todas as vezes, meu primo Eduardo me defendia, sem consciência de que eu soubesse. Ele era o melhor da família, diga-se de passagem. Não estou dizendo que a minha família paterna é ruim, não é isso. Eu amo todos eles, mas o Eduardo era... Como posso dizer?

Sabe aquele cara que anima qualquer festa, que faz o amigo oculto de Natal ser o melhor momento do ano? Então. Esse era o Eduardo.

Talvez o fato de ele me defender aumentasse a minha admiração, mas ele era realmente diferente dos outros. Ah, sim! Desculpa, é que vou lembrando das coisas conforme penso. Ou falo. Ou escrevo. Enfim, acho que a primeira pessoa que percebeu que eu estava comendo demais foi a minha irmã mais velha. Todo dia antes da escola era a mesma coisa. Sentávamos para tomar o café da manhã, eu pegava meu pão, passava manteiga, colocava queijo, presunto e comia. Minha irmã mais velha ficava me olhando meio de lado, com uma cara de desconfiada, segurando seu polenguinho com a mão esquerda. Eu comia e fingia que não estava percebendo. Conversa para cá, conversa para lá, enquanto minha mãe contava alguma história engraçada do centro espírita que ela frequentava, eu pegava mais um pão. Minha irmã já me olhava diretamente com um ar de julgamento. Eu passava a manteiga meio ressabiado. Meia fatia de presunto. Meia fatia de queijo. Mais conversa para cá, conversa para lá, minha irmã do meio, que é meio lerda, vira o café todo no uniforme. Minha mãe grita. Eu pego mais um pão e minha irmã mais velha, ainda segurando seu polenguinho, levanta do outro lado da mesa e esbraveja:

— Mãe, ele está pegando o terceiro pão. Esse garoto vai explodir!

— O que que é, garota ridícula?! Vai ficar contando quantos pães eu estou comendo? Vou contar quantos garotos você pega na escola e suspeito que você ganhe de lavada!

— Ai, que inferno! Deixa o garoto comer! Ele está em fase de crescimento.

Fase de crescimento. Essa foi a expressão que mais ouvi na minha infância. Toda vez que ouvia essa frase, sentia como se estivesse dentro de um jogo do Mario Bros e tudo o que eu comesse fosse como um daqueles cogumelos que faziam ele crescer. Mas não tinha nada que me fizesse voltar ao normal. Era só crescer, crescer e crescer. Claro que não estou falando de um fato isolado. Era constante. Durou muito tempo. Eu já me perdi na ordem cronológica dos fatos, mas talvez o importante seja a ordem dos sentimentos, não é? Sempre fico meio confuso com essas coisas de datas certas. Números nunca foram meu forte, mas o mundo quase nos obriga a isso, né? Tamanho do pé, número da calça, data certinha e cravada, peso e altura. Um verdadeiro inferno, mas nem tão quente assim.

Fui me acostumando com o fato de o mundo ser daquele jeito e descobrindo maneiras de ter certa paz. Percebi que, se não comesse tudo na mesa do café e guardasse alguns sanduíches para depois, ficaria tudo bem. O banheiro de casa virou um local acolhedor. Eu guardava um sanduíche em cada bolso e ia para lá antes de sair para escola. Paz, tranquilidade e sanduíche.

O que mais eu poderia querer? Era perfeito! Não vou negar que já perto da adolescência... É pré-adolescência que fala, né? Ah, inferno! Cá estou eu novamente, perdido no tempo, mas vamos ao sentimento. Acho que foi nessa fase que comecei a me incomodar um pouco com o fato de ser gordo. Não era nada absurdo, mas comecei a ter certa noção de que as coisas poderiam ser um pouco mais complicadas pra mim pelo fato de ser gordo. Fiquei encantado por uma menina da minha rua. Fernanda. Ela era tão linda, parecia uma princesa de filmes de romance. Um dia nos encontramos na fila da padaria da esquina da nossa rua. Mesmo não sendo um garoto muito atirado, eu não tinha nenhum medo gritando dentro de mim.

— Oi — falei, sorrindo.

— Oi — respondeu por pura educação, mas o olhar dela percorreu meu corpo.

Éramos duas crianças, mas ela já me olhou com julgamento. Nada agressivo, mas talvez esse tenha sido o primeiro sinal. Eu realmente precisava cuidar para não sair falando "oi" para todo mundo.

Eu não sei o motivo, mas gosto de comer. Às vezes, até consigo parar, pensar e escolher alguma coisa mais saudável, mas, na maioria das vezes, não tenho tempo nem paciência para isso. Eu faço muita coisa e preciso economizar os minutos. E a vida é muito complicada, não é? A gente precisa equalizar os problemas pessoais, os problemas profissionais, a cabeça, o estômago, o coração. Tudo precisa bater em um compasso único e você precisa comer para sobreviver. Aí, na hora de almoçar, vai pedir o quê? Um filé de frango grelhado com legumes? Não é muito para baixo? Um tanto depressivo? Agora, se você pede um frango à milanesa com arroz, feijão e fritas. Olha só como é mais alegre! Fala aí você: "Fritaaasss." Não é para cima? Sobe tudo! Sobe o humor, a disposição, o peso, a pressão. É uma festa! Quem não gosta?

Não tenho paciência pra gordo que diz que não come nada.

É mentira. Se não comesse nada, estaria magro. Claro que come. Também não tenho paciência pra magro com alma de gordo. Porra, o cara senta com você num rodízio, come feito um louco, mastiga um chiclete para ajudar na digestão e não engorda. Cara, que raiva que isso me dá!

# CAPÍTULO 3

Rolha de poço. Batatão. Sobrinho do Jô Soares. Filho do Faustão. Free Willy. Moby Dick. Chupeta de baleia. Roliço. Bolinha. Bola. Bolão. Amigão.

Repare que não falei amigo, falei amigão. Acho que o Gustavo me chamou de alguma coisa, que não me vem na cabeça agora, no dia que me vetou de participar do cover dos Backstreet Boys da nossa escola. Talvez, dependendo da sua idade, você não conheça os Backstreet Boys, NSYNC, Five, Westlife. Se for o seu caso, busque nessa coisa maravilhosa da modernidade chamada Google. Ou melhor, busque nessa coisa mais maravilhosa que o Google comprou chamada YouTube. Busque só por Backstreet Boys e NSYNC. O resto, esquece. Esses caras foram ídolos da minha geração. Dançavam, cantavam, lotavam estádios e faziam tudo que qualquer ídolo precisa fazer para merecer esse título. Como todos eles eram gringos, aqui no Brasil existiam os covers dessas boy bands. Uns garotos que dançavam relativamente bem se juntavam para imitar uma banda dessas. E era sensacional. As festas das escolas, as matinês, aniversários, em todo lugar tinha algum grupo desses se apresentando.

Na minha escola, quem liderava o cover oficial era o Gustavo. Mas o fundo da piscina vem depois disso, muito depois mesmo. Esse foi o começo do mergulho. Gustavo e eu éramos muito amigos, tipo muito. Nos conhecemos no primeiro ano, eu acho. Não sou muito bom com datas, mas lembro bem do dia em que nos conhecemos. Cheguei na sala de aula e procurei o meu lugar. Todos os lugares eram marcados. Ao meu lado estava o Gustavo. Sabe essas crianças magrinhas pra quem os pais precisam dar estimulantes de apetite? Então, esse era o Gustavo. Nos primeiros dias a gente não se falou, mas aí teve um dia que ele quebrou o silêncio e me pediu para ir com ele até a van escolar na hora da saída.

Parece que alguns garotos do segundo ano tinham se irritado com ele no futebol do recreio e falaram a famosa frase entre as crianças de qualquer escola: "Te pego na saída". O Gustavo estava morrendo de medo de ir. Eu fui. Eu sempre fui maior do que os moleques da minha idade, talvez por isso eles tivessem certo medo de mim. Do portão até a van deveria ter uns trinta metros. Olhamos para os dois lados e

nos certificamos de que não tinha ninguém esperando pelo Gustavo. Saímos. Éramos dois meninos, dois pirralhos que pareciam estar dentro de um filme de ação. De repente, um dos garotos que queriam bater no Gustavo virou a esquina e olhou para ele. Quase em câmera lenta, o garoto fez um gesto com a mão, chamando os outros valentões. Falei para o Gustavo correr, quase que em "baleiês". Se você assistiu o desenho Procurando Nemo, sabe do que estou falando.

Aceleramos o passo. Os garotos correram. Nós também. Em questão de segundos, o Gustavo já tinha tomado certa distância de mim. Chegando na van, ele pulou como os heróis dos filmes de ação e voou para dentro do carro. Eu ia fazer o mesmo, mas, quando minha mão quase alcançava a porta, ela se fechou. Eu olhei desesperado sem entender. Do outro lado do vidro, estava Gustavo. Ele tinha acabado de abaixar o pino da trava. Os olhos dele me acompanharam enquanto eu caía no chão, empurrado pelos meninos que chegaram a toda velocidade. Acho que só não apanhei por causa dos pais que estavam no portão da escola. Eles fizeram os fedelhos saírem de lá. Acabei torcendo o punho na queda, mas nada grave. Eu fiquei sem entender o motivo de o Gustavo fechar a porta na minha cara, mas o fato era que eu tinha feito o que tinha prometido. Eu prometi ajudar o meu amigo e realmente ajudei. E assim nasceu uma amizade verdadeira.

Éramos tipo irmãos. Em pouco tempo ele já dormia na minha casa, e eu na dele. Não existia ninguém melhor que o Gustavo. A gente adorava dançar. Sério mesmo. Éramos tipo a dupla dinâmica nas festinhas dos amigos. Eu não sei dizer quando a coisa começou a mudar. Na verdade, acredito que essas coisas não mudam de uma hora para a outra. A gente simplesmente foi se afastando, sabe como é? Acho que foi o Stephen King que disse: "Amigos entram e saem de nossas vidas, como garçons em um bar".

Stephen King sabe mesmo das coisas. Gustavo começou a praticar esportes, adorava Educação Física. Eu preferia as aulas de História e tinha atestado para não praticar esportes. Fui engordando, e ele ficando saudável. Quando chegamos no ginásio, já sentávamos em lados opostos na sala de aula, e no recreio ele não falava mais comigo. Ele começou a andar com os meninos mais populares e chatos da escola e, um dia, eu não sei por que motivo, ele começou a me xingar. E os outros garotos também.

— E isso incomodava você?

— Não.

Mentira, né? Mas eu preciso explicar isso direito. Não é que eu me incomodasse com o fato de ser agredido e perseguido por causa da minha forma física. Não era isso. Era pelo simples fato de ser agredido e perseguido. Consegue entender? Eu não tinha a ilusão de passar ileso pelo Ensino Fundamental. Minha escola era muito grande e devia ter mais de cinco mil alunos. Era inevitável que eu enfrentasse problemas com outras pessoas. Só não poderia imaginar que o meu grande amigo do Primário seria uma delas. Na verdade, não imaginava que ele seria a principal. E seguimos assim. Eu ia tentando escapar do grupo do Gustavo. Na sala de aula, existia alguma segurança. Algumas piadas idiotas, mas no geral os professores exerciam um papel de autoridade sobre nós. Nada saía muito do controle. A meta era fugir deles na entrada, no recreio e na saída. Quase sempre era impossível, mas eu tentava.

— E depois que começaram esses xingamentos, você reagiu?

— Depois de muito tempo.

Um dia, eles passaram de todos os limites. Tocou o sinal do recreio e eu cheguei na cantina antes de todo mundo, como sempre. Se a corrida da sala de aula até a cantina fosse uma modalidade nas Olimpíadas, eu seria ouro. Não tinha jogador do time da escola capaz de passar na minha frente. As primeiras coxinhas de frango com catupiry eram as melhores. Pedi logo duas, um guaraná de meio litro, e fui para um canto da cantina. Era o meu lugar. Comia sozinho, com tranquilidade e no meu tempo. Era como se cada mordida me levasse para outro lugar, entende? Mas aí o Gustavo apareceu na minha frente.

— Me dá a coxinha.

Meu amigo... Mexe comigo, mas não mexe com a minha comida.

— Nem fodendo.

Eu comentei sobre essa coisa que eu tenho de falar sem pensar direito? Então... A cantina silenciou. Parecia aquelas cenas de filme de cowboy americano, só faltava aquela bola de feno passando em câmera lenta e uma musiquinha de assobio. O olhar dele me dava arrepios, mas eu sentia que não tinha como voltar. Gustavo e eu tínhamos ultrapassado uma linha delicada que separa a civilidade humana da loucura juvenil. Uma vez que você passa dessa linha, a animosidade toma conta. Pensei que, se a porrada era certa, e ele iria me bater de qualquer forma, eu iria resistir. Eu já tinha me tornado um garoto isolado do mundo. Desde que começaram as piadinhas e os xingamentos dos meninos que dançavam nas festas, fui me afastando de todos. Eu achava que era melhor passar por isso sozinho. Em pouco tempo, o único prazer da escola eram as coxinhas e nem mesmo o Gustavo poderia tirar isso de mim.

— Perdeu a noção do perigo, gordinho?

— Gordinho? Gordinho é o corno do seu pai!

Talvez eu tenha visto muitos filmes de escolas americanas. Talvez os filmes de ação tenham me ensinado alguma coisa. Talvez eu tivesse isso tudo guardado no peito. Não sei, só sei que, como numa cena em câmera lenta, meu braço fez o movimento certo e meu punho fechado acertou bem no meio da bochecha do Gustavo. Era como se todos na cantina, no mesmo segundo, tivessem segurado o fôlego para mergulhar em uma piscina. O pai do Gustavo realmente era gordo. Era gordo e corno. A escola toda sabia. Um dia um grupo de alunos flagrou a mãe dele transando com um professor numa sala desativada do terceiro andar. Não existiam celulares com câmeras como hoje, mas a história passou pelos corredores como rastilho de pólvora e o Gustavo passou a ser chamando de "corno júnior". O apelido nem durou muito tempo, mas foi o suficiente para que ele tomasse ódio mortal dessa história. Juro, ele ficava vermelho quando alguém tocava nesse assunto. Pois bem, lembra que eu falei das Olimpíadas? Fui da cantina para o pátio, do pátio para piscina, da piscina para pista de atletismo. A pista de atletismo da minha escola era semiolímpica. Eu dei uma volta inteira com o Gustavo correndo atrás de mim. Voltei para dentro da escola e me abriguei na coordenação.

Se você ainda não bloqueou os momentos da juventude, sabe perfeitamente do que estou falando. Enquanto eu terminava de comer a minha outra coxinha (que sobreviveu à correria), minha mãe chegou na escola. A diretora tinha ligado para ela. Ela veio pelos corredores aos berros, dizendo que ia enfiar a porrada no Gustavo. Na coordenação, ela ligou para a mãe dele, chamou ela de piranha e disse que iria ligar para a polícia se o filho dela encostasse um dedo em mim. Resumindo: eu fui suspenso por dois dias, por falar do pai do colega e também por ter agredido ele. Consegue perceber? O cara me agrediu durante anos e, na única vez em que resolvi reagir, quem se ferrou fui eu.

A coisa foi tão séria que, quando saí de lá, minha mãe me levou ao McDonald's para poder relaxar um pouco. Acho que eu nem me lembrava dessa história. Na verdade lembrava, mas já não precisava visitar essa memória fazia um tempo. Esse mergulho forçado me fez ver tudo como um filme novamente, mas sem o glamour e a fotografia perfeita dos americanos. Era filme nacional mesmo, sabe? Com poeira, suor e porrada. O colégio foi muito importante na minha vida. Digamos que eu aprendi como seria o mundo fora dele. Eu precisava me defender. Ficar sozinho durante um tempo foi a minha melhor defesa, mas isso não quer dizer que eu tenha me complexado

ou qualquer coisa do tipo. Eu simplesmente entendi a vida como ela é, sabe? Mas quem nunca passou por situações assim na escola? Isso realmente faz parte. Não faz?

Acho que voltei para a superfície. Preciso pegar ar.

# CAPÍTULO 4

Na adolescência minha vida social foi normal. Eu era um cara animado, com muitos amigos, nunca tive problemas. Quero dizer, não tive problemas por ser gordo e me relacionar com o mundo. Sempre saí a noite, brinquei, dancei, beijei na boca, sempre. Quase sempre. Algumas vezes. Não, é sério! Eu sei que tem gordo que não tem coragem de chegar nas meninas nas festas, por exemplo. Principalmente na adolescência. É uma fase complicada. As pessoas não têm pena. Não que eu quisesse que as pessoas tivessem pena de mim, não é isso. É que… Como eu posso dizer? Adolescente é… Deixa eu procurar uma palavra… ruim. Adolescente é ruim. Sabe? Pessoas ruins? Então. Mas isso nunca me abalou. Nunca me importei com isso.

Visualiza uma festa. Vai, imagina. Vários adolescentes dançando, curtindo, bebendo. Sim, adolescentes bebem e muito. Aí chega um momento em que começa o jogo da sedução. Um cara dito normal, ou seja, magro, já entra nesse jogo demente com certa vantagem. Se o cara fizer tudo certinho, digo, arrumar o cabelo, colocar uma blusa legal, passar um perfume, chupar uma bala halls azul, ele entra nessa partida com vantagem e já tem setenta por cento de chances de pegar várias meninas. Ou meninos. Cada um na sua. O gordo já começa no negativo. O gordo precisa cumprir tudo à risca. Arrumar o cabelo, blusa bacana, perfume bom, chupar uma halls preta e, mesmo assim, ele só tem cinco por cento de chance de ficar com uma menina nessa noite. Se ficar. Durante o ano.

Meninas adolescentes não estão muito interessadas nos assuntos cabeça de jovem gordo doido para iniciar sua vida sexual. Se você reparar, o gordo só vai começar a se relacionar de fato com mulheres um pouco mais velhas, amigas de amigas, que sentam com ele numa mesa de bar e morrem de rir com as suas histórias e piadas de gordo. Pensa num grupo eclético. Tem um gordo lá. Esse gordo normalmente é a pessoa mais engraçada da mesa, não é? Todo gordo é engraçado, mas não é por escolha. É defesa. Se o gordo não for o mais engraçado, ele não vai transar com ninguém. O que eu considero um absurdo e uma burrice.

Tem um estudo da Universidade de Oxford que concluiu que gordos são melhores na cama. O gordo não vai para o motel para ficar se olhando no espelho do teto enquanto faz sexo. O gordo está tão maravilhado de ter milagrosamente levado alguém para a cama que a sua única preocupação é satisfazer essa pessoa. Ele precisa disso. A continuidade da sua vida sexual depende disso. Por isso eu digo: um cara magro pode fazer ginástica olímpica na hora da transa, várias posições, o Kama Sutra inteiro. O gordo só faz uma coisa: você gozar. Ele sabe usar a língua. Está treinando ela há anos. Não é? Pensa bem. Não faz todo sentido? Depois fica mais fácil. Digo, quando você fica mais velho. Você toma conhecimento do seu potencial, aprende a usar técnicas para conseguir interagir. A vida social acaba ficando mais tranquila.

Talvez eu devesse falar mais dos relacionamentos que tive durante esses anos de vida, mas não sei se é pertinente. Nem foram tantos assim. A gente aprende que as coisas ruins precisam ser esquecidas, né? Eu entendi assim. Não estou desmerecendo os momentos bons que existiram com essas pessoas, pois sempre existem momentos bons, mas sabe quando você fica com a sensação de que talvez as pessoas com quem se relacionou até aqui ficaram todas no talvez? Talvez tivesse dado certo com a Maria Clara do Ensino Médio. Talvez a Rafaela, minha vizinha de rua com quem tive um rápido relacionamento, tivesse razão ao dizer que eu estragava tudo com a minha insegurança. Talvez eu tivesse que ter respondido a Xanda quando ela me enviou uma mensagem no Orkut. Eu morria de medo de como seria a minha primeira vez. E foi com essa menina, a Xanda.

Nossa escola era muito grande. Se você prestou atenção, já sabe isso. Tinha uma biblioteca que era tipo um prédio anexo. Entre a escola, a piscina e a pista de atletismo. Voltando a Xanda, não consigo lembrar quando foi que começamos a ficar. Nem sei se posso chamar aquilo de ficar. Um dia a gente se beijou, e aí ficamos nos beijando nos outros dias. Ela não falava muita coisa. Na verdade, não me lembro de nenhuma conversa com ela. Me lembro que uma vez ela falou que era bom quando eu arrastava meus dentes na sua língua, mas que eu devia tomar cuidado para não machucar. Eu gostava de ficar com ela. O beijo era realmente maravilhoso, mas nada além disso. Não existia possibilidade de cogitar a hipótese de transar com ela. Ou com qualquer pessoa. Eu já era gordo, não tirava minha blusa na frente de ninguém que não morasse na mesma casa. E no fundo, bem no fundo, Xanda me dava medo. Ela tinha a mesma idade que eu, uns quatorze anos, mas parecia mais velha. O corpo já evoluído, uma postura

jogada e uma sedução gritante. Todos os meninos babavam por ela. E ela ficava comigo. O próprio Gustavo tentou ficar com ela em uma festa e ela disse que não. Era para ser perfeito, mas não era. Era estranho. Juro para você, eu tinha medo dela. Um dia ela me arrastou para os fundos da biblioteca, nos beijamos, ela abriu minha calça, levantou sua saia e foi. Entende? Aconteceu. Foi ridículo! Eu imaginava que a minha primeira vez seria algo incrível, arrebatador, catártico, surreal, mas realmente não passou de algo ridículo.

Depois disso ficamos mais algumas vezes, e acabou do mesmo jeito que começou. Ela não falou nada, eu também não. Anos depois, Xanda me mandou uma mensagem em uma dessas redes sociais que não existem mais. Eu nunca respondi. Dizia que era legal ter me encontrado depois de tantos anos e que poderíamos nos ver. Algumas vezes eu pensei em responder, mas nunca o fiz. Ela talvez resuma todos esses relacionamentos. Nenhuma dessas meninas teve de fato uma importância por mais de seis meses na minha vida, então não acho que mereçam ser citadas. Mas agora eu já lembrei, logo citei.

Você não controla tudo num mergulho. Você afunda, e aí vai flutuando até chegar à superfície. Na real, acho que dá para dizer que a única que se manteve por mais tempo na minha cabeça e no meu coração foi ela. Amanda. Eu evito o nome dela pois fico reflexivo depois de falar ou escrever. É inevitável. Mas é ela. Nada mais tem relevância entre o meu nascimento e o dia em que nos conhecemos. Agora eu vou precisar falar nela, eu sei… Só queria beber um copo de água antes. Posso?

# CAPÍTULO 5

Nossa amizade começou de forma natural. Eu soltei algumas piadas durante as aulas e ela riu. Dessas risadas surgiram algumas conversas sobre alguma matéria, e assim foi indo. Eu já era adulto. Estava finalmente na faculdade e não existia mais tanto medo em mim. Na verdade, eu tinha mudado completamente quando passei do ginásio para o Ensino Médio. Eu tinha entendido a dinâmica do convívio social escolar. A única coisa que não poderia fazer era achar que eu ficaria com as meninas da escola. De resto, vida animada. Percebi que tudo ficaria mais simples se mudasse minha postura pro mundo. Mas foi na faculdade que eu realmente me libertei. Eu não precisava fugir de ninguém nos intervalos. A vida era mais fácil.

É impossível descrever a sensação de não ter medo. Minha faculdade ficava no bairro do Maracanã, pertinho da Tijuca. Mesmo com a proximidade da minha antiga escola, que me levava de vez em quando a esbarrar com alguém de lá, era uma liberdade indescritível. Eu não sentia saudades da escola. Só sentia saudade das aulas de História, dadas pelo único professor que parecia olhar para cada um de nós com uma preocupação verdadeira. Não que os outros não fossem bons. Eles eram ótimos. Mas o professor de História era sensacional. Mas nem mesmo ele me fazia sentir saudade daquele lugar.

Sempre me considerei meio maduro para minha idade. Acho que ela também achou isso. Nos intervalos das aulas a gente sentava e conversava sobre qualquer assunto. Papos cabeça sobre política e a situação dos refugiados sírios, ou conversas bestas como a final do BBB. Existia uma química gritante entre nós. A gente combinava, os assuntos encaixavam, as opiniões convergiam e, do dia que nos conhecemos em diante, não existiu nenhum momento da vida dela que eu não estivesse presente. Mas teve uma vez. Acho que foi o primeiro momento em que quase rolou.

Acho que era aniversário de alguém da faculdade. Ninguém especial, mas fomos juntos. O lugar era um espaço alternativo, meio boate, meio restaurante. O som era bom e as pessoas estavam animadas. Estávamos soltos, levemente altos, se é que você me entende. A música meio pop rock tocava animada e minha boca chegava a doer de tanto que eu ria enquanto a gente dançava na pista. Aí a melodia agitada foi trocada por uma balada da moda. Foi quase automático que a gente dançasse junto. Meu coração acelerou como nunca quando ela encostou seu corpo e depois seu rosto no meu.

Minha imaginação rapidamente me mostrou o que eu queria. Eu virava meu rosto lentamente e ela acompanhava com o dela. Sabe esse segundo em que você consegue prever o futuro? Nesse segundo eu imaginei que nossos lábios se encostariam delicadamente e fecharíamos nossos olhos para que o melhor beijo do mundo acontecesse no meio daquela pista de dança. O que aconteceria depois eu não sei dizer, mas era perfeito. Seria perfeito, mas eu não virei o rosto. Ela reagiu a isso. Ela não gostou. Não foi nada declarado, mas ela nitidamente não gostou.

Fui ao banheiro e fiquei me olhando no espelho por alguns segundos. Eu me olhava nos olhos e variava os xingamentos que fazia. Covarde. Frouxo. Merda. Aí me afastei um pouco da pia onde apoiava meus braços e observei meu corpo. Nesse segundo eu lembrei o motivo de não dar o beijo. E se a coisa engata? E se ela gosta? E se vamos para cama? Não dava. Não com aquele corpo. Voltei para a pista de dança e sentei num sofá que ficava encostado em uma das paredes. Ela ainda questionou o motivo de estar sentado. Estava cansado. Na verdade, eu estava com medo.

Eu posso listar todas as vezes em que quase rolou. Durante um intervalo entre as aulas, fomos lá fora por causa de alguma fofoca que ela queria que eu contasse.

Lembro de segurar seu rosto e olhar no fundo dos seus olhos. Ela olhou nos meus também. Quase dei o impulso, mas alguém apareceu e ela rapidamente se desvencilhou de mim. Também sentamos para tomar um chope e eu fiquei o tempo todo acariciando sua mão. E ela não tirou. Eu ficava esperando alguma negativa dela para que eu pudesse me culpar por nunca ter rolado. Para que eu pudesse concluir o inevitável: uma garota dessas jamais ficaria com um cara como eu. Mas ela não recuava. Não tomava nenhuma atitude favorável, mas não recuava. E assim seguimos. Não estou falando de meses não. Estou falando de anos. Dois, três, não sei ao certo.

Até que um dia, não vou saber dizer qual e já expliquei meu problema de memória, entrou na sala de aula da faculdade uma garota que chamou a minha atenção. Não só a minha, mas a atenção de todos. Era impossível não notar. Tanto por seu corpo volumoso, quanto por sua personalidade marcante. O tamanho do seu corpo era proporcional ao seu ego. E quando você consegue fazer essa leitura de alguém, é porque isso está exposto na cara, no jeito. Ela exalava isso tudo. Era bonita, de

estatura baixa e gorda. Ela era gorda. Não tão gorda quanto eu, mas era considerada gorda. Não sei quem foi a pessoa que um dia decidiu quem era gordo e quem era magro, mas Ana Júlia definitivamente era gorda. Mas sabe aquela gorda que não liga para nada? Era ela. Ela vestia uma blusa que mostrava a barriga. Eu nunca tinha visto uma gorda mostrar a barriga. Olhei rapidamente ao meu redor e puder observar as meninas comentando baixinho.

Na faculdade não existe o bullying que existe na escola. As pessoas são adultas e sabem dos riscos de se fazer qualquer brincadeira fora do tom com alguém. Ainda mais em tempos de internet e redes sociais. Qualquer post falando de algum comentário preconceituoso ou desrespeitoso se espalharia pela internet, e adeus reputação. Mas existe, de forma brutal, uma rede de comentários baixinhos. Grupos de amigos fazendo comentários perversos e acabando com as pessoas sem que elas saibam. É uma falsidade tão grande que, se um dia alguém vazar para o mundo tudo o que acontece dentro desses grupos, teríamos um problema muito sério. Enfim, acho que a vida adulta é assim mesmo.

— Desculpe o atraso — disse ela para a professora e olhando rapidamente para a turma.

Seu olhar percorreu as mesas espalhadas pela sala até

encontrar o lugar vazio ao meu lado. Ela caminhou e se sentou. Amanda e eu olhamos para ela, que sorriu em resposta.

— Adorei sua blusa — comentou Amanda, sorrindo.

— Liquidação ótima. Depois te conto.

Sempre almoçávamos no restaurante dentro do campus da faculdade. Nosso lugar preferido era na varanda. Amanda e eu sentamos e logo vimos a aluna nova chegando. Amanda chamou-a para sentar com a gente. Nos apresentamos e iniciamos uma conversa super divertida. Ana Júlia era o nome dela. Pediu transferência de outra faculdade. Comentou que tinha tido algum problema por lá, mas não entrou em detalhes. Também não insistimos. E nesse momento pude constatar que ela era aquilo tudo que eu tinha percebido só de olhar. Que astral. Que pessoa legal.

No começo era estranho pra mim. Eu não conseguia entender como uma garota gorda era capaz de ser tão feliz. Eu sempre tive a imagem de que garotas gordas não são felizes. Sempre entendi que a gordura carregava junto de si uma melancolia que não poderia ser anulada. Talvez em alguns momentos, na intimidade, na solidão de casa, mas em público? Jamais. Sempre achei que garotas gordas aceitavam qualquer pessoa por não ter o poder de escolha. Uma pessoa gorda é a mesma coisa que uma pessoa feia, e por isso não pode

escolher um par. É preciso aceitar qualquer um. Mas Ana Júlia era completamente o oposto disso. Eu simplesmente não conseguia entender. Ela também tinha a mania de me mandar vídeos falando sobre gordofobia.

Eu juro que existe esse termo. Na primeira vez que ouvi tive crises de riso, mas rola um movimento na internet sobre isso, que ela adora. Esse negócio de gordos precisarem se aceitar da forma que são … Eu realmente acho que precisamos viver bem e nos aceitar, mas não tem como modificar o pensamento das pessoas. Existe a preocupação com a saúde. Existe um risco por ser gordo, não existe? Isso é complexo.

Não tem como mudar o mundo. Tem? Mas vamos voltar à Ana. Inteligente, engraçada, sagaz e ama dançar. Vira e mexe posta vídeos em suas redes sociais fazendo a coreografia de alguma música da moda.

Durante algumas semanas, Amanda e eu estabelecemos com Ana uma relação que eu classifico como de colegas. Não sei vocês, mas eu sempre aprendi que precisava separar em prateleiras diferentes as pessoas que eu conhecia. Conhecidos eram todas as pessoas por quem eu passava e falava “Oi, tudo bom?”, mas nunca ficava parar ouvir a resposta. Falava andando, a pessoa respondia com a mesma pergunta e ambos seguíamos nossos caminhos. Hoje eu acho engraçado perceber como isso é idiota, mas é algo tão incluído no comportamento social que ninguém repara mais. Ninguém quer realmente saber qual a resposta para o "Oi, tudo bom?". Colegas eram as pessoas como a Ana Júlia. Eu até tinha alguns na mesma prateleira. Colega é como aquele filme que você conhece, sabe a sinopse, mas ao qual nunca assistiu. Você conversa um pouco, escuta opiniões gerais, mas nunca mergulhou verdadeiramente na vida dessa pessoa. Você tem até certa consideração, normalmente recebe convites para aniversários em restaurantes ou coisas do tipo, mas não seria convidado para um bolinho na casa dela.

Já a amizade é outra coisa. Amizade é assistir ao filme todo e querer saber os detalhes. É participar das cenas mais importantes. Na prateleira dos amigos, o certo é existir poucas pessoas e, por incrível que pareça, os arquivos das decepções ficam nessa mesma prateleira. Você nunca vai se decepcionar com um conhecido. Talvez se aborreça com um colega, mas sempre, inevitavelmente, as decepções acontecem com os amigos. Durante muito tempo eu tive a prateleira dos melhores amigos bem cheia. Mas, no decorrer dessa história, que eu ainda não sei se faz sentido ou se realmente será mostrada para alguém, você vai perceber que não acredito mais nisso. Arranquei essa prateleira da minha parede.

A nossa relação mudou no dia em que Ana Júlia se mostrou uma pessoa realmente diferente do resto. Existem pessoas que são diferentes e isso não requer nenhuma explicação mais elaborada. São diferentes e ponto.

Amanda e eu subimos no ônibus que nos levaria para a Praça Saens Peña. Iríamos ao Shopping Tijuca para assistir a um filme. Quando entramos no ônibus, Amanda passou na minha frente, e eu sei lá o que me deu, mas achei que passar pela roleta com a mochila nas costas era algo possível. Na hora em que a roleta travou, eu forcei. Nesse momento o cobrador falou bem alto: "Calma, gordão". Todas as pessoas dentro daquele ônibus olharam para mim e isso me fez querer sair logo daquela situação. Aí tudo piorou. Minha mochila realmente tinha travado a roleta e, quanto maior era a força que eu fazia, mais vermelho eu ficava. Eu consegui perceber os risos presos dos passageiros. Alguns mais jovens já não tinham a preocupação de tampar a boca e riam descaradamente. Eu queria voltar e descer do ônibus, mas eu tinha travado a roleta com uma força tão absurda que era impossível ir para frente ou para trás. Eu estava preso, feito uma atração de circo. E o público ria e adorava o espetáculo. Foi quando Ana Júlia se levantou do fundo do ônibus e veio caminhando sorridente até onde eu estava.

— Calma, João. Tira a mochila.

A calma dela me deixou calmo também. Lentamente soltei as alças da mochila e Ana puxou-a por cima de mim, liberando a roleta. Com a mão que estava livre, ela fez um gesto delicado para que eu segurasse em sua mão e passasse. Quando ela me entregou novamente a mochila, olhou para o trocador e falou bem alto, para que todos ouvissem:

— Ajudar não ia fazer a sua mão cair.

— Fazer uma dieta também não seria ruim — respondeu o trocador, gerando algumas risadas.

— Fazer dieta é tranquilo… Problema mesmo tem quem precisa melhorar a alma.

O silêncio tomou conta do ônibus. Nesse momento, caminhamos pelo corredor e todas as pessoas abaixaram a cabeça para não nos encarar. Eu sentei no último banco, ao lado da Amanda. Ela estava nitidamente morrendo de vergonha do que tinha acontecido. Ana Júlia ficou parada um tempo olhando para mim. Eu sorri e falei para ela sentar perto de mim. No caminho, a chamamos para ir ao cinema com a gente e nesse dia eu troquei ela de prateleira. De colega para amiga. Eu não fazia ideia da importância que a Ana Júlia teria na minha vida daquele dia em diante.

E assim acabamos virando um trio na faculdade. Amanda, Ana Júlia e eu.

Sempre juntos.

Eu fiquei preocupado quando cheguei na faculdade um dia e a Amanda não estava.

Perguntei para Ana se ela sabia se tinha acontecido alguma coisa, e ela me respondeu que não.

— Relaxa, ela deve ter dormido tarde.

— É que hoje a gente precisa entregar aquele trabalho.

— Eu sei, meu bem. A gente fala que ela está gripada. Fica tranquilo.

— É…

— Você gosta da Amanda, né?

— Claro. É minha amiga…

— Não… Eu falo gostar diferente. Você é apaixonado por ela, não é?

Eu fiquei em silêncio. Não consegui confirmar, mas não tinha como negar.

Aquela história de não conseguir esconder a verdadeira história.

— Relaxa, João. Eu não vou falar nada… Mas é nítido.

— É?

Claro que era. Eu não sou um idiota sem noção da realidade.

Qualquer pessoa com o mínimo de atenção perceberia que eu amava a Amanda. Para mim, só ela não percebia isso. Ou percebia e fingia muito bem. Quantas vezes você respira fundo com a cabeça fora da água para recuperar o fôlego e então mergulhar novamente? É engraçado isso. Depois que a gente se acostuma com a água, não consegue mais parar de mergulhar, não é?

# CAPÍTULO 6

— João, quais as vantagens de ser gordo?

Porra, aí me pegou. Não sei. Ah, somos inteligentes! A gente desenvolve o intelecto. A vida nos obriga a isso, não é? Um gordo precisa sempre estar atento. É importante. O gordo não pode simplesmente ir a qualquer lugar, com qualquer roupa, de qualquer jeito. A gente analisa antes. Por exemplo, ir à praia para o gordo é um evento. Primeiro que precisamos selecionar com quem vamos. Não dá para ir só com amigo magro e sarado porque no contraste a coisa fica pior. Também não dá para ir só com amigo gordo. Viramos piada. Uma vez eu fui à praia da Barra. Posto dois.

Barraca do Pepê, sabe? Então, fiquei observando um grupo de uns cinco gordos sentados na areia. Sabe um clima bom? Uma energia positiva? Um sentimento otimista? Era isso. A representação da felicidade era aquele grupo de gordos na areia da praia.

De repente, passa um babaca correndo no calçadão e grita:

— Olha as baleias jubartes encalhadas!

Eu achei aquilo tão ridículo. Uma sacanagem mesmo. Mesmo não sendo comigo, fiquei muito puto. Já é difícil para o gordo esquecer como o mundo se organiza e ir à praia, aí vem um idiota fazer uma piada péssima como essa? Fala sério. O gordo chega na praia e já precisa lidar com o fato de olhar para os lados e ver um monte de gente magra e sarada correndo, jogando futevôlei, mergulhando. Esse é o ambiente. Mesmo a maior parte da população sendo gorda, a imagem da praia é essa.

Nos comerciais, nos filmes, nas revistas, na realidade. Mesmo assim, o gordo segue em frente, encarando a situação.

Aí chega a hora de tirar a blusa. Normal, né? Chegar na praia e tirar a blusa. Para o gordo, não. Primeiro é preciso vencer a própria imaginação. O gordo, por mais bem resolvido que seja com seu corpo, imagina que na hora que ele tirar a blusa a praia inteira vai parar e olhar. Tipo cena de filme em

que a trilha sonora é interrompida bruscamente, e as pessoas ficam em silêncio olhando para alguém. A criança cagada brincando na beira do mar e o babaca correndo no calçadão param o que estão fazendo e olham para o gordo que tirou a blusa. Junto com isso, o gordo precisa se certificar de que o calção está cobrindo o cofrinho e que o movimento vai ser rápido para não mostrar muito as axilas e a gordura embaixo do braço. Precisa também sentar rapidamente na cadeira para se ajeitar e esticar o corpo.

Você já tentou sentar rápido numa cadeira de praia? É difícil, não é? Imagina para um gordo. Vai ele sentar rápido numa cadeira de praia para você ver. Vira a cadeira, vira o gordo, voa areia, o gordo grita. Todo gordo grita. E aí o gordo, que já é ponto de referência natural, nesse momento fica pior. Uma menina que fala com o namorado ao telefone tenta orientar para que ele chegue até onde ela está e fala:

— Oi, amor, estou aqui no posto dois, entre o guarda-sol amarelo e o gordo à milanesa.

Eu sei o que você pode estar pensando nesse momento. Até pode ser esse tal de "mimimi" de que estão falando tanto, mas você passa por isso? Você gostaria de passar por isso? Acho que não. Por isso eu fui diminuindo minhas idas à praia, mas não por sofrer com isso e sim para me preservar disso. É complicado e eu entendo que essas coisas aconteçam. Às vezes, só às vezes, me dá a sensação de que eu não deveria me sentir assim. Sabe? Que eu não deveria me importar mais e não desistir de ir à praia, ou festas na piscina. Mas o mundo é mundo desde que é mundo. Entende?

Não sei bem o motivo, mas neste momento me lembrei de uma situação que ficou marcada na minha cabeça. Fomos os três ao shopping, Ana precisava comprar uma roupa para o casamento da prima dela. Esse shopping fica na Tijuca, bem perto do prédio comercial onde fica o consultório desse cara que tanto me intriga. Chegamos superanimados, como de costume. Rodamos por umas cinco lojas e nada de achar algo que coubesse na Ana. Eu já estava nitidamente constrangido por ela, mas ela não perdia sua alegria. Eu não conseguia entender isso. Se para mim, homem, já era triste não achar roupas nessas lojas maneiras, imaginava que fosse duas vezes pior para uma mulher. A gente sempre imagina que as mulheres são mais sensíveis, ainda mais se tratando de roupas. Mas para Ana, não. Ela realmente parecia achar graça nessa procura por algo que lhe coubesse. Até que chegamos numa outra loja. A vendedora era meio arrogante, sabe? Assim que entramos, a vendedora percorreu com o olhar o corpo das duas, Ana e Amanda.

— Em que posso ajudar? — perguntou para a Amanda, que, por sua vez, ficou sem saber o que responder.

— Na verdade, é pra mim — respondeu Ana, com um sorriso no rosto.

O que se seguiu foi Ana Júlia, a gorda mais porra-louca

que conheci até hoje, simplesmente experimentando todas as roupas da loja. E não pense que estou exagerando quando digo todas, pois de fato foi o que aconteceu. A vendedora insistia em dizer "Não temos nada no seu tamanho, querida", mas Ana simplesmente ignorava o que ela falava. Ela entrava no provador, colocava as roupas apertadas, vinha para fora e perguntava com ar de dúvida para nós:

— Acho que tá justa, né? Deve ser a forma!

Amanda e eu ficávamos concordando e segurando o riso que era inevitável. Tudo ia muito bem. A vendedora irritadíssima. Ana Júlia arrasando na ironia. Amanda e eu rindo de tudo. Até que Ana nos mostrou uma blusa rosa que, para variar, ficou apertada demais em seu corpo. Amanda elogiou o modelito. Ana voltou para o provador para colocar sua roupa e irmos embora. Nesse momento eu percebi que a Amanda não estava mais ao meu lado. Depois de alguns minutos, Ana saiu do provador com o mesmo sorriso de sempre. Quase que simultaneamente, vestindo a blusa rosa que tinha elogiado minutos atrás, Amanda saiu do outro provador.

— Ficou boa, né? Acho que vou levar.

Ana e eu ficamos em silêncio. O clima, que até então era divertido, perdeu a graça. Não acho que tenha sido a intenção da Amanda, mas pareceu, só pareceu, que ela queria mostrar que poderia comprar qualquer roupa ali. E poderia, isso não era uma dúvida, mas precisava ser naquela hora? Todo o esforço da Ana para fazer uma limonada daquele limão, e fazer parecer que nada a abalava emocionalmente, foi pro ralo. Quando fomos para a praça de alimentação almoçar, Ana ficou calada o tempo todo. Amanda perguntou se estava tudo bem e Ana culpou uma repentina dor de cabeça. Eu não falei absolutamente nada, como de costume, mas fiquei com isso em mente.

Fiquei mesmo pensando nisso tudo.

# CAPÍTULO 7

O tempo não para de passar. Esse pensamento sempre me visita à noite, antes de dormir. Quanto mais velhos ficamos, mais rápido o tempo passa. Ou nós é que sentimos ele passar mais rápido? Muitas vezes eu queria ter o poder de congelar o tempo. Sabe como é? Se preciso decidir alguma coisa muito importante, seria maravilhoso poder apertar o pause e pensar um pouco melhor sobre a questão. Mas não dá, né? Que pena. Nesse tempo que não deixa de correr, nossa amizade crescia e se fortalecia. Eu devo ter engordado uns dez quilos nesse período. Eu digo isso por achar mesmo. Certeza, certeza, eu não tenho.

Passei noites acordado escrevendo cartas que nunca enviei e comendo doces maravilhosos para acalmar a ansiedade. As roupas iam ficando maiores e eu já não conseguia variar tanto de estilo. Comprava sempre na mesma loja na rua Buenos Aires, no centro do Rio. Lá não tinha variedade de estilo, só de cores. Eu tinha a mesma blusa de todas as cores possíveis. E geralmente só usava uma ou duas. Eu evitava grupos grandes, mas não era algo consciente. Não me isolava por vontade própria. Só fui me dar conta disso quando minhas desculpas para as reuniões, barzinhos e praia se esgotaram.

Ana, Amanda e eu fomos jantar em um restaurante japonês que fica na rua Mariz e Barros, na Tijuca. Sempre na Tijuca. Nesse jantar elas estavam muito animadas com o churrasco que iria rolar no dia seguinte. Eu não falei que não queria ir, até porque eu queria ir. Seria uma boa oportunidade de ficar mais próximo da Amanda e, quem sabe, no meu melhor sonho, de ficarmos de verdade. Mesmo assim, a minha preocupação com as outras pessoas que estariam naquele churrasco me deixava apreensivo. Eu era aquele cara que parecia sério de longe, mas, se você falasse comigo, iria me achar muito animado e feliz. Eu já não era mais tão over... desculpe, exagerado como no Ensino Médio, mas ainda conseguia manter uma boa postura pública. Acho que ainda não falei muito sobre esse período, mas prometo voltar a essa fase mais pra frente.

Finalmente chegou o momento de socializar com todos da faculdade. Eu não dormi direito e, quando percebi, já estava chegando no prometido churrasco. Foi no sítio de um aluno rico e todos foram com seus biquínis, sungas e calções de banho. Fazia muito calor, tipo uns 35 graus com sensação térmica de 45 na sombra, sabe? E lá estava eu, invicto, com minha blusa preta e uma bermuda esporte fino. Eu até tentei achar um calção legal, estilo praia, mas não tinha do meu tamanho.

— Vem, João! — ela me chamou, já tirando o short jeans com pequenos rasgos desfiados.

— Eu não posso.

— E não pode por quê? — perguntou Ana Júlia, pulando na piscina.

No momento em que ela pulou na piscina, pude perceber seu corpo por completo. Ela não usava aqueles biquinis que tentam esconder uma parte da barriga ou algo do tipo. Era um modelo "normal". Enquanto ela voava entre a borda e a água da piscina, suas gorduras balançavam quase em câmera lenta. Eu não conseguia entender o motivo de eu não gostar daquela visão. Eu achava ela bonita, mas a sensação de que as pessoas poderiam rir, falar pelos cantos e até mesmo tirar uma foto para depois postar em algum desses grupos de WhatsApp me fazia ter a certeza de que aquilo não era legal. Poderia estar de maiô, com um biquini maior, até mesmo de blusa e um short. Ana Júlia parecia gostar de causar um pouco, mas mesmo que eu achasse algumas das atitudes dela meio forçadas, admirava sua felicidade. No fundo eu queria era ser como ela. Eu queria muito não me importar com ninguém.

Sempre fico intrigado como o álcool tem efeitos diferentes nas pessoas. Ninguém pode dizer que a bebida alcoólica é algo bom, mas realmente opera milagres.

Eu não tinha o costume de beber. Evitava, inclusive. Preferia pedir uma comida gostosa e tomar um refrigerante. Mas pensa comigo nessa situação. Festa da faculdade. Churrasco. Bebida. Meninas com biquinis minúsculos. Música animada. Todo o ambiente leva você a querer ficar mais solto. E o fato de ser o mais gordo do lugar (e estar apaixonado pela menina mais bonita dali) era praticamente a receita perfeita para encher a cara e tomar a coragem que me faltava na vida.

Então eu bebi. Nossa Senhora, como eu bebi. Bebemos todos. Começamos por uma batida de chocolate com tanto leite condensado que o gosto da vodca era quase imperceptível. Passei a chamar essa batida de chocolate de "batidão libertador". Não teria tido tanto problema se eu tivesse bebido só o batidão. O problema foi ter misturado tudo. Eu fiquei completamente louco. Muito mesmo. Me lembro de brotar em meu rosto um sorriso inexplicável. Nunca tinha sorrido tanto na minha vida.

Outro elemento devastador foram os pagodes. Eu nem

ouvia esse tipo de música, mas, sei lá como, eu sabia todas as letras. Algumas delas pareciam ter sido feitas pra mim. Intercalando com o pagode de corno, vinha o sertanejo universitário. Era só porrada na boca do estômago. Até que tocou alguma música mais animada e alguém me puxou para dançar. Fui cambaleando, mas deixei a música me levar. Demorei um pouco para entender que quem tinha me puxado tinha sido a Ana Júlia. Pude observar ela dançando. Que leveza. Que beleza. Era estranho como uma pessoa gorda poderia ser tão leve. Em alguns momentos, Ana me olhava nos olhos enquanto cantava o trecho da música que estava tocando. Era lindo de ver. Por alguns segundos eu imaginei que aquilo poderia ser um sinal de alguma intenção, mas logo depois eu tirei isso da cabeça. Amigos. Só amigos.

Nesse momento me lembrei da Amanda e comecei a procurar por ela. Eu ficava emanando pensamentos e tentando impedir que outros garotos chegassem perto dela, mas era praticamente impossível. Linda e disponível. Amanda resolveu se juntar a nós. Bailamos os três na pista de dança imaginária. Eu não me lembro que música era aquela, mas posso garantir que, se alguém estivesse filmando, colocasse em câmera lenta e inserisse uma trilha de rock alternativo americano, caberia perfeitamente. Durante a dança, criei coragem e segurei a

Amanda pela cintura. No ritmo da música, puxei-a para perto de mim. Ela riu, mas veio. Nossos corpos se encostaram e eu fui ganhando confiança. Nós dançávamos no mesmo compasso. Nossos corações batiam na mesma velocidade. Ela olhou nos meus olhos e eu nos dela. Fui aproximando minha cabeça da dela e quando o beijo estava prestes a acontecer, ela desviou e riu.

Ela riu da minha tentativa e se afastou. Eu parei. O mundo girou. A bebida bateu. Eu não fiquei bem. Foi quando senti que o chão não estava sob meus pés. Eu literalmente estava flutuando. Não sei quanto tempo demorei para entender que um grupo de caras tinha se juntado pra me levantar do chão. Eu não tive nenhuma reação, só fui. De repente, em meio a gritos e risadas, eu voei para dentro da piscina. Quando afundei na água, tive o reflexo de prender a respiração. Ainda passou pela minha cabeça se existia alguma forma de não voltar para a superfície. Eu queria encontrar algum alçapão no fundo da piscina, que eu pudesse abrir e usar para fugir daquele lugar. Mas não era um filme. Não tinha alçapão. Era vida real e eu precisava respirar. Quando coloquei a cabeça pra fora da água, todas as pessoas daquele churrasco estavam na beira da piscina. Todos rindo e aplaudindo. O único que não tinha entrado naquele dia, agora estava de roupa e tudo

dentro dela. Então alguém gritou: "Todo mundo na piscina!" E todos começaram a pular para dentro da água. Minha vontade era de chorar feito uma criança que perde a bola.

De repente, Ana Júlia apareceu na minha frente. Ela era a única que não parecia achar graça naquilo. Ela me puxou pela mão e saímos da água. Fui andando para me afastar das pessoas. Estava completamente encharcado. Ana Júlia me chamava aos berros e me pedia para esperar, mas eu não queria que ela visse as lágrimas que caíam do meu rosto. Eu não era um homem, eu era um rato. Ao mesmo tempo, sentia uma raiva tremenda de mim. Não estava com raiva de terem me jogado na piscina, nem com raiva de ela ter achado graça. Minha raiva era de ter tentado dar aquele beijo. Onde eu estava com a cabeça? Quem eu pensei que fosse?

— Espera, João! Não dá pra correr na grama! Eu tô bêbada!

— Agora não, Ana. Me deixa sozinho.

— Amigos não deixam amigos sozinhos… Ainda mais amigos de quem a gente gosta.

Eu sentei em um banco de ferro branco que estava no lugar mais escuro do jardim. Nem mesmo dava para ver o rosto da Ana direito.

— Fala comigo, cara.

— Eu não quero falar.

— Beleza. Eu só vou ficar do seu lado, tá?

E ela sentou ao meu lado. Ninguém falou nada. Nem ela, nem eu. Ela ficou olhando para o céu por um bom tempo. Quando alguém olha muito para algum lugar, é praticamente um convite para que você olhe também. Eu não queria olhar, mas acabei olhando. Já era noite e eu nem tinha percebido. O céu estava bem bonito. Estrelas brilhavam com uma cor que eu nunca tinha reparado.

— Caralho... Que céu é esse, irmão?

Claro que a gente riu desse comentário.

— Você consegue fazer graça em qualquer situação, não é?

— A vida já é dura demais, João. A gente precisa rir da desgraça. Fazer graça da dor.

— E nada machuca você?

— Tudo me machuca. Mas isso não vai me fazer deixar de rir.

Que pessoa incrível era essa Ana Júlia. Ela simplesmente decidiu ser feliz um dia e foi. Mesmo sendo tão amigos, eu não sabia muito da história dela. Só sabia o básico. Uma gorda feliz. Algo que para mim era tão impossível que chegava a incomodar. Será que ela nunca amou alguém que não a quis? Será que chorava à noite?

Será que ela era realmente feliz?

Quando eu virei a cabeça de volta para a festa perto da piscina, pude perceber algo que mais parecia a última pá de terra sobre meu corpo dentro da cova. Amanda estava conversando com um cara, um pouco afastada do grupo. Eu tentava ver o rosto dele, mas ela cobria minha visão. Até que num movimento de uma risada, ela jogou o corpo para o lado e eu pude ver o rosto do desgraçado que estava roubando a atenção do meu amor. Gustavo. O próprio. Em carne e osso. Ele estava vivo, no mesmo lugar que eu e eu só pensava que deveria afogá-lo na piscina. Eu pirei. Pirei por dentro, claro.

Minha cabeça ficou imaginando milhares de coisas. Onde eles se conheceram? Sobre o que estão conversando? E a pior de todas: será que eles iriam ficar? Eu tentava disfarçar o olhar, mas não conseguia parar de olhar. O Gustavo tinha um corpo maneiro. Não era saradão nem bombado, mas tinha um corpo muito maneiro. Sem camisa, bermuda de banho da moda, cerveja na mão e um olhar faminto para Amanda. Se ele tivesse um ataque cardíaco naquele momento, eu não o ajudaria. Não mesmo.

Ana olhou na mesma direção, claro. Depois de constatar a mesma coisa que eu, olhou para mim. Eu não queria ver onde aquilo ia dar. Levantei para ir embora, mas a Ana me segurou pelo braço.

— Não, não vai.

— Eu não quero ver isso...

— Cara, posso ser sincera?

— Não sei...

— João, ela não quer você. Mas, se está tão decidido assim, vai lá e chega.

— Como assim, ela não quer? Ela falou com você?

— Ela não quer, João. Se ela quisesse, já tinha ficado.

— Mas não é assim, Ana. Somos amigos. Ela tem receio...

— Receio de quê, meu Deus?! Vocês são amigos, só isso.

— Eu não sabia que você torcia contra.

— Eu não torço contra. Eu só não gosto de ver você iludido. Você é um cara sensacional e aposto que tem muita garota louca por você.

— Ha-ha-ha! Tá bom...

— Tá vendo? Você está tão vidrado nela que não olha para os lados.

— Que lados, Ana?! Você não entende.

— Quem não entende é você.

E nesse momento, como quem joga uma granada e não corre para fugir da explosão, Ana Júlia puxou minha cabeça para o encontro da dela. Eu não tive reação. Foi quase instintivo. Nós nos beijamos. O beijo nem deve ter durado tanto, mas a sensação que tive foi que durou uma eternidade. Quando separamos nossas bocas, ficamos abraçados. Acho que é uma reação natural depois de um beijo, não? Ela se encaixou no meu corpo e repousou sua cabeça em meu peito como se estivesse procurando coragem para me olhar nos olhos. Eu continuei atônito. Eu gostei, claro que gostei. Qualquer um gostaria de beijar a Ana Júlia. Sabe essas pessoas que você conhece e tem certeza de que o beijo é bom? Essa era Ana Júlia. Lentamente ela levantou a cabeça e me olhou nos olhos. Eu não sabia o que falar nem o que fazer.

— Olha para os lados, besta.

Ela tem esse humor. Ela fala coisas engraçadas em qualquer situação. Eu deveria ter pensado melhor antes de reagir. Eu precisava ter calculado o tamanho da minha reação a essa granada, mas existe essa coisa de não conseguir disfarçar o que sinto. Estávamos em um churrasco da faculdade. Amanda estava lá também. Eu não queria magoar a Ana, só que mais uma vez minha boca respondeu primeiro. Quando eu percebi, já tinha falado:

— Será que alguém viu?

Eu vi a mudança no rosto da Ana Júlia. Eu percebi cada músculo da face dela reagir lentamente à minha resposta. Ela se afastou, virou e foi andando. Eu também vi as mãos dela irem até os olhos. Ela estava de costas para mim, mas eu tenho certeza de que ela enxugou lágrimas em seu rosto. E eu fiquei lá, com cara de idiota. Fui embora sem falar com ninguém. Eu não tinha coragem de olhar para Ana Júlia. Eu não tinha coragem de olhar para Amanda.

Eu vejo muita gente problematizando a vida. Percebo que existe uma tentativa de justificar os próprios erros. Quando eu percebo que estou querendo justificar o fato de ser gordo em algo que alguém tenha feito para mim, eu me olho no espelho. De madrugada, sozinho no meu quarto, fico analisando cada centímetro do meu corpo. É quase um "tour pelo corpo" que essas youtubers fazem em vídeos com o celular. E aí eu consigo lembrar que a culpa não é de ninguém. Fui eu que comi. Eu que coloquei isso tudo para dentro. Não digo que não questionei se deveria ou não começar esse processo para fazer a cirurgia, mas já deu, né? Vinte e nove anos e uma vontade absurda de modificar as coisas. Imagina a felicidade da minha mãe, dos meus amigos, da garota que eu amo? Nada poderia ser mais perfeito que isso. É o que acho. E novamente eu me perco no que é realidade e no que é ficção. No que realmente falei ou só pensei ter falado.

No que eu realmente acredito, ou no que me forço a acreditar.

# CAPÍTULO 8

— A Amanda… gosta mesmo de você?

Muito. Muito mesmo. É que nem sempre as coisas acontecem do jeito que a gente planeja, não é? O primeiro contato é estranho. No começo você assusta, mas eu consegui contornar isso e me aproximei. Fui legal. Muito legal. As melhores piadas e observações, tipo roteiro de comédia romântica americana, eram sempre minhas. O cara mais engraçado. Tirei risadas. Tirei sarro. Virei amigo. Sabe amigo? Amigo mesmo. Tipo irmão. O tempo todo você precisa encontrar meios, argumentos, motivos, maneiras. Você precisa o tempo todo ser melhor que os outros, justamente por não ser melhor. Entende isso? Eu queria tanto segurar as mãos dela. Eu não sei se falei antes, mas as mãos dela eram delicadas e macias, com unhas estilo francesinha. Acho que é assim que chama esse tipo de unha. Eu só queria segurar as mãos dela, olhar no fundo dos olhos e beijar a sua boca. Sabe olhos profundos?

Algum autor clássico já falou isso, eu sei, eu li, mas não me lembro direito quem foi.

Amanda é a personificação de todas as personagens de histórias românticas.

Olhos, cabelos, corpo e alma. Eu ficava imaginando como seria se rolasse. Como foi naquela festa a que fomos e em que dançamos juntos, mas naquele milésimo de segundo quando você precisa arriscar o tudo ou nada, eu desisti. Pensei que seria maravilhoso se rolasse, mas e se o beijo encaixasse, a pegação ficasse forte e fossemos parar na cama? Como ia ser na hora de transar? Será que na hora que eu tirasse minha roupa ela ia rir? A gente tá tão acostumado a ver nas revistas e na TV que os caras magros e sarados são os mais bonitos que na hora de tirar nossa própria roupa, acaba dando uma insegurança gigante, não dá?

Me veio logo à cabeça o reflexo do espelho do meu quarto na última madrugada. É por isso que acho que só falta isso para ficarmos juntos. Depois da cirurgia, a gente vai ficar junto. Não tem como não ficar. Eu até escrevi um e-mail para ela falando isso. Falando que eu iria operar por nós e que eu largaria tudo por ela, tudo mesmo. Mas aí apaguei para não parecer um psicopata maluco. Eu não consigo explicar. Tem coisas na vida que não têm muita explicação, não é verdade?

Eu já me relacionei antes, mas com ela foi avassalador. Foi de perder o ar, sabe? Eu não sei qual a importância disso para fazer ou não a cirurgia, mas cá entre nós o motivo é ela. E a minha família. E os meus amigos. Não por mim. Eu não faço questão, não mesmo. Se eu pudesse, eu seria exatamente como eu sou.

— Você acha que a Ana Júlia concordaria com a sua decisão de fazer a cirurgia?

Boa parte da minha decisão de fazer a cirurgia veio por causa dela. Depois do churrasco da faculdade, ficou um clima esquisito. Amanda e Ana Júlia continuaram com a mesma amizade de sempre, mas eu fui perdendo espaço. Sabe como é? Ana Júlia me evitava de todas as formas em todos os assuntos. E também existe a questão do gênero. Por mais amigo que você seja, não são todos os assuntos que uma menina compartilha com um menino. Sabe que às vezes eu fico preocupado por sempre me chamar de menino. Pode dar a impressão de que eu acho que não cresci, né? Alguns assuntos não são para homens. Amanda percebeu que tinha acontecido alguma coisa. O clima não permitia esconder e minha cara disse que sim.

— Aconteceu alguma coisa que você e Ana não querem me contar — comentou Amanda.

— Não aconteceu nada. Ela que ficou estranha comigo. Depois passa.

Mas não passava. E eu realmente gostava da Ana. Parecia enredo de filme b americano. A amiga gorda gostava de mim, o gordo, mas eu gostava da amiga magra. Eu precisava resolver aquela situação. Faltava pouco para que eu tomasse a iniciativa de resolver, mas algo aconteceu e mudou tudo.

Um dia, Amanda e eu saímos da faculdade e fui com ela até a porta da sua casa. Sempre era estranho ir até lá. Ela morava na mesma rua em que o Gustavo. Sei que ele ainda morava na rua Almirante Gavião, na Tijuca, pois uma das vezes em que acompanhei ela até a porta, vi o Gustavo saindo de casa. A mesma casa que eu frequentava quando era pequeno. Ele não me viu, mas eu o vi. Foi rápido. Tive a sensação de achar ele mais gordo que antes, mas não deu tempo de confirmar.

Combinamos de ver um filme que fazia parte de um trabalho da faculdade. Eu sempre fazia os trabalhos sozinho e colocava o nome dela. Entre uma cena, uma anotação e um papo sobre algo irrelevante, ela soltou uma pergunta que me deixou meio pensativo. Normal, também. Qualquer pergunta de cunho emocional me deixava pensativo.

— Você tá curtindo a Ana?

— Como assim?

— Agora vocês ficam tão juntos que eu fico pensando que de repente vai rolar alguma coisa entre vocês.

— Não... A Ana é minha amiga, só isso. Não tem nada rolando entre nós. Até porque ela tá bem afastada de mim ultimamente.

Amanda sorriu com a minha resposta e me olhou nos olhos. Lentamente ela chegou perto de mim e me beijou. Eu não sei dizer o que senti. Talvez seja a mesma sensação de estar quase se afogando, mas nesse caso você conseguiria colocar a cabeça para fora e respirar profundamente. E o beijo foi bom. E durou. E rolou. E encaixou. Quando a coisa estava começando a esquentar e eu tomei coragem para tirar a roupa dela, ela parou.

— Talvez não seja uma boa ideia — disse ela, enquanto cobria seu sutiã com a blusa.

— Você não quer?

— Quero... Mas a gente é amigo, João. Eu não quero perder isso.

— Você nunca vai me perder. Nunca.

— Você é especial. Muito. Se isso não der certo, vou perder você.

— Eu prometo que não. Prometo que vai dar certo.

— Vamos fazer um combinado... A gente vai manter isso entre nós. E vamos ver no que vai dar.

O acordo foi selado com um beijo. E foram muitos beijos.

Era incontrolável. Tinham sido anos esperando para esse momento acontecer, e estava acontecendo. Num movimento delicado, ela puxou a minha blusa. Eu buscava insistentemente sua boca para que ela não visse meu corpo. Quando comecei a beijar seu corpo todo, ela fechou a persiana atrás da cama, impedindo a luz do sol de iluminar o quarto. Em seguida, desligou a televisão que ainda passava o filme que começamos a ver. O resto você já sabe. Posso estar enganado, mas foi incrível para ela também. Não tinha como negar que foi. Existia uma necessidade de superar as expectativas. Eu precisava ganhar. Não poderia perder nesse momento. Talvez eu curtisse alguns detalhes que não aconteceram, mas fui seguindo o prazer dela como um cachorro que busca a bola que o dono jogou.

Nossa, que exemplo bizarro esse que usei. Mas não achei nada melhor.

# CAPÍTULO 9

— Eu queria voltar um pouco ao tempo da escola, pode ser?

— Claro.

— Você conseguiu levar numa boa todas as situações com o grupo do Gustavo?

— Isso nunca me abalou profundamente.

Essa coisa toda de engordar, de as pessoas ficarem olhando e analisando. Na verdade, sempre achei muita graça nisso. É que eu sempre fui engraçado, sempre tive tiradas boas para todas as situações que aconteciam comigo. Acho que, em algum momento, bem no começo da adolescência, alguma coisa começou a me incomodar, mas aí eu entendi que eu tinha duas opções: ficar sentado no fundo da sala, isolado e encolhido, ou virar o centro das atenções. Eu virei o centro das atenções. O cara super popular da escola. Vida louca. Rebeldia! Sempre sorrindo, sempre feliz!

— Você tá gordo!

— Foda-se!

A felicidade só importa mesmo quando ela está dentro de você. Estou errado?!

Eu comecei a viver a minha vida sem me importar com nada, nem com ninguém. Acho que preciso explicar para você como a escola funciona. Eu sei, você deve achar que sabe, mas é preciso aceitar o fato de que quando saímos da escola perdemos a noção de como realmente era.

A escola funciona como uma cadeia alimentar. Acho que devo ter visto isso em algum filme de high school americano. Digo, filme de ensino médio americano. Os muito fortes atacam os mais ou menos fortes, que por sua vez atacam os mais ou menos fracos, que atacam os fracos, que atacam os muito fracos. Eu era fraco. O Gustavo e a sua gangue eram os fortes e me perseguiam. Para sobreviver, eu precisava ter alguém em quem descontar. Ok, eu não era tão ruim quanto os outros, mas de alguma forma inconsciente aquilo fazia sentido para mim. Foi aí que um aluno novo entrou na minha turma. No momento em que ele entrou na sala, durante a aula do professor Clóvis, eu percebi a oportunidade perfeita. Francisco. Magrinho, baixinho e um pouco desajeitado. As orelhas dele eram levemente de abano.

Naquela manhã eu tinha assistido a um desenho chamado

Hamtaro, que eu nem acompanhava, mas passava na televisão todos os dias. Um desses desenhos japoneses que fez certo sucesso quando eu era pequeno. O Francisco me lembrou o Hamtaro.

Num raciocínio rápido, eu cantei a música-tema do desenho. Era uma música que ficava repetindo o nome do personagem principal várias vezes. Eu sabia que a turma inteira conhecia. Eu sabia que iriam olhar para ele e lembrar do desenho. A risada foi geral e eu me senti... sei lá... poderoso. Por alguns segundos, eu tinha me igualado ao Gustavo e me sentia bem com aquilo. Desse dia em diante, todas as vezes em que o Francisco entrava na sala de aula, a turma inteira cantava a música de abertura do Hamtaro. Ele não gostava, era nítido, mas eu simplesmente não me importava. Eu não fiz mais nada contra ele. Me faltava coragem para isso, mas o único momento em que eu fui ruim, eu fui muito bom no que fiz. Hamtaro. Francisco. Gustavo. Escola. Algo que poderia ser simples, mas não é tão simples assim.

Assim eu segui. Comidas deliciosas e roupas um pouco mais escuras. Por baixo do uniforme eu usava camisetas de bandas que eu nem sabia falar o nome. Várias pessoas andando comigo pelos corredores da escola, lanches na cantina. Eu não percebia que eu tinha engordado mais um pouco, até perceber.

Sabe? Mas eu estava gostando. A vida era divertida e intensa. Parecia que eu tinha encontrado meu papel no mundo e o meu lugar na escola. Era incrível.

# CAPÍTULO 10

"Amanhã é segunda", pensei, deitado na cama.

Não posso negar que a Ana Júlia mexeu comigo. Ela não saía da minha cabeça. Aquele beijo desnecessário e, principalmente, o motivo de ela ter feito aquilo não deixavam a minha mente. Eu precisava organizar meus pensamentos. Ok, ela gosta de mim e me beijou mesmo sabendo do meu amor pela Amanda. Talvez esse sentimento tenha influenciado na opinião dela, sobre a Amanda não me merecer e tal. Sobre não me merecer, ou que não querer nada comigo além de amizade. Acho que era inveja. Eu sei que pode parecer besteira, mas se eu pudesse mostrar uma foto da Amanda e uma foto da Ana Júlia, você entenderia o que estou falando. A Ana até tem um rosto bonito e tudo, mas não se compara com a Amanda. E ela é gorda.

Não que ser gorda seja um problema, mas é diferente. Já a Amanda era perfeita.

E a Ana Júlia presenciou vários momentos em que ela deixou claro seu interesse por mim. A única coisa que explicaria essa postura da Ana é a inveja. A inveja de querer ser como ela. Por mais que ela se mostrasse para o mundo como uma mulher satisfeita e bem resolvida, todo mundo quer ser normal. E ser magro é ser normal, não é? Para mim não tinha nem o que pensar. Entre ela e Ana Júlia, eu ficaria com a Amanda. Além disso, muita loucura minha pensar que a Ana Júlia me amava. Ela estava bêbada. Foi só fogo de palha. Agora que eu estava com a Amanda de fato, precisava forçar um pouco para que tudo voltasse ao normal com a Ana. Ela não parou de falar comigo nem nada do tipo, mas o papo não rendia.

É muito ruim quando você sabe que está errado e não tem coragem de tocar no assunto. Eu não conseguia encontrar uma forma de falar com a Ana Júlia e quebrar o clima que tinha ficado entre nós. Depois de alguns dias, ela sentou com a gente no restaurante da faculdade, mas alguma coisa estava errada. Ana era tão positiva e feliz que qualquer mudança ficava transparente. Eu não perguntei, mas Amanda, sim:

— Tá chateada, Ana?

— Não consigo disfarçar, né?

— O que tá rolando?

Acontece que Ana tinha postado alguns vídeos dançando no Facebook. Ela realmente dançava muito bem e postava sempre coreografias de músicas da moda. Funk, hip hop, axé, tudo. Roupas curtas, pernas de fora, bunda virada para câmera e muito rebolado. Eu sempre assistia aos vídeos e ficava maravilhado com a beleza, talento e principalmente com a coragem dela em fazer isso. Acontece que o último vídeo que ela postou teve uma chuva de comentários ruins. Ela leu alguns deles e eu fiquei muito chocado.

*Tá dançando ou lutando sumô?*

*Olhas as banhas pulando.*

*Acho que ela enfartou depois desse vídeo.*

— Que absurdo! Você deveria denunciar essas pessoas.

— Eu já fiz isso, João.

— Amiga, que coisa horrível! Você tá chateada com isso, né?

— Claro que isso machuca... Mas acho que tô mais com raiva que outra coisa...

— Acho que o ideal é você apagar esse vídeo, amiga — disse Amanda.

— Apagar? Como assim?

— Gente, são uns babacas, claro que são... Mas internet é terra de ninguém. Depois esse vídeo acaba viralizando e aí não tem como controlar. Vai acabar te perseguindo pelo resto da vida.

— Eu não acho... — discordei. — Apagar o vídeo só vai reforçar o comportamento dessa gente. O vídeo é lindo. Você está dançando muito bem e eu acho que não tem motivo para excluir.

Amanda me olhou com espanto e Ana Júlia me olhou com brilho nos olhos. Era a primeira vez que eu questionava alguma coisa que a Amanda falava. Eu só me dei conta disso quando Ana Júlia levantou para ir ao banheiro e a Amanda se despediu de mim.

— Até amanhã, João.

— Não vamos juntos?

— Não... Vou passar em um lugar para ajudar a minha mãe.

— Eu posso ir com você. Não tenho nenhum compromisso.

— Imagina... Fica aí dando apoio pra Ana. Ela precisa.

E saiu andando. Acho que acabei suando de nervoso. Eu não queria ter gerado qualquer conflito com ela, mas a questão do vídeo da Ana pareceu tão clara para mim. Quando Ana voltou e viu que a Amanda tinha ido embora, aproveitou para tocar no assunto que eu não tinha coragem:

— João, acho que precisamos conversar sobre o que aconteceu no churrasco, né?

— Precisamos?

— Sim...

— Viu a promoção no Burger King?

— Eu vi. Maravilhosa, né?

— Poderíamos ir lá depois…

A gente tinha acabado de comer e, mesmo assim, fomos ao Burger King.

Dois Stackers com quatro carnes, batata grande e Coca-Cola de meio litro.

— A gente é amigo, eu sei, mas eu estava bêbada, você também… Eu fiquei puta de ver você chorando por causa da Amanda e acabou rolando o beijo…

— Eu sei que a minha reação foi…

— Tá tudo bem… Eu entendo você. Só queria dizer que eu gosto de você e acho que a gente pode superar isso.

— Eu também acho, Ana. Você é especial para mim e não quero perder isso.

E, aos poucos, as coisas foram voltando ao normal. Quanto mais tempo passava, mais longe ficava o famigerado churrasco e melhor era o clima entre nós. Eu fiquei feliz por isso. Não suportava a ideia de perder amigos nessa fase da vida. Depois do Gustavo só fui ter um grupo de amigos no Ensino Médio, mas depois que terminamos o terceiro ano, todo mundo sumiu. Cada um passou para uma faculdade e, em pouco tempo, ninguém se falava mais. Só algumas curtidas em fotos postadas. Eu precisava fazer o possível para ter a Ana por perto. Eu não me sentia bem com o fato de Amanda e eu não termos contado para ela do nosso caso, mas para Amanda era importante manter só entre nós. E eu faria qualquer coisa para permanecer com a Amanda, mesmo que em segredo. As coisas ficaram meio frias depois da minha opinião contrária à dela sobre o vídeo da Ana. Nada declarado, mas eu senti absurdamente a distância dela. Eu não sabia como mudar isso. Eu não tinha noção de como se pedia desculpas por ter dado uma opinião, ainda mais quando eu tinha certeza de que eu estava certo. Aí eu resolvi arriscar o clássico que eu sempre vi nos filmes românticos. Flores.

Comprei um vaso de flores e mandei entregar na casa dela. Fiquei esperando a mensagem chegar no meu celular. Foi um alívio quando chegou. Ela mandou uma foto das flores e uma mensagem.

*Você é louco?! São lindas.*

E vários emojis de coração. O tempo passou tranquilo. Eu não vou saber dizer qual o tempo exato, mas tudo seguiu dentro de certa normalidade. Amanda e eu nos encontrávamos escondidos na casa dela. Às vezes eu até tentava uma aproximação na faculdade, mas ela fugia. Ela ficava bem irritada comigo.

— Será que alguém viu? — ela falava baixinho, mas com muita raiva.

— Você não acha que em algum momento as pessoas vão saber?

— Você tá me pressionando?

— Não! De jeito nenhum.

Eu tentava o tempo todo agradar a Amanda. Comprava presentes, mandava entregar flores no meio da aula, mas nunca deixava ninguém saber que era eu. Eu não queria correr o risco de ficar sem ela. Não queria correr o risco de ela desistir da gente. De mim. Até que um dia ela falou, como quem diz bom dia ao padeiro, que iria viajar.

Estávamos Ana Júlia, ela e eu almoçando no restaurante da faculdade e ela soltou essa informação entre uma garfada e outra.

— Vou precisar faltar duas semanas. Vou viajar com a minha mãe e depois preciso pegar a matéria com vocês.

Eu tentei me controlar, mas sou péssimo nisso. Ana Júlia olhou para a minha cara, depois para Amanda e falou com a mesma tranquilidade.

— Tranquilo, amiga. Quando você voltar o João já vai ter anotado tudo num caderno pra você.

Amanda olhou para Ana Júlia bem séria, mas depois quebrou com um sorriso e apertou minha bochecha enquanto falava.

— Quem tem um amigo desse não precisa de mais nada, né?

Depois disso, todos nós ficamos em silêncio. Amanda se levantou e saiu. Acho que precisava falar com uma professora e foi embora. Eu mandei mensagem, liguei e nada. Ela simplesmente sumiu. No dia seguinte eu não aguentei esperar e fui até a casa dela. Achei que ela só viajaria depois de alguns dias, mas não, ela viajou naquela noite.

Quando ouvi a explicação, foi quase como se ela tivesse sido dita dentro de uma piscina. O som meio abafado, meio em câmera lenta. E foi o que a mãe dela me contou. A Amanda tinha mentido para mim. Ela não viajou com a mãe. E eu fiquei completamente perdido nessa hora.

Mesmo sem muito traquejo com relacionamentos, uma coisa era muito certa para mim: honestidade é algo que sempre precisa vir na frente de tudo. Minha mãe me ensinou isso. Mesmo que a gente precise cuidar para que essa honestidade não machuque desnecessariamente as pessoas, precisamos sempre jogar limpo. Eu sabia disso e estava jogando limpo, mas ela não. Daí comecei a revirar minha mente com todas as possíveis explicações para sua mentira. Em todas elas, a Amanda era inocente de delito. Eu sempre encontrava uma maneira de ela ter uma razão para ter mentido. Algo mais sério, importante e que não poderia ser dividido comigo. E eu jamais iria questioná-la sobre isso. Jamais iria questioná-la sobre nada.

Essas duas semanas teriam sido as piores semanas da minha vida, mas Ana Júlia estava lá. Ela tinha esse poder estranho de transformar tudo em ouro. A tristeza parecia ir embora quando ela estava por perto. Eu ria, falava sobre qualquer assunto e ela estava lá me ouvindo.

# CAPÍTULO 11

Ana e eu resolvemos ir ao Boulevard Olímpico, na região portuária do Rio. Eu adoro aquele lugar. Tem os museus, os galpões e a Baía de Guanabara. Compramos um sorvete casquinha mista e caminhamos lentamente, acompanhando os trilhos do VLT que cortam essa região. Parecia a primeira vez que conversávamos de verdade. Ana Júlia me contou sobre como sua mãe implicava com o seu corpo e de como sua adolescência fora complicada por viver tentando emagrecer.

— Acontece que ela aprendeu assim, entende? É claro que durante um tempo eu odiei a minha mãe por colocar toda essa pressão em mim, mas depois eu percebi que ela não achava que estava agindo errado. Ela realmente pensava que estava lutando para o meu bem... Mas estava me matando por dentro.

Eu consegui me identificar com muitas coisas que a Ana falava, mas percebi que, só pelo fato de ela ser mulher, a coisa era muito pior. Ela falava sobre essa tal de "gordofobia" de uma forma tão natural que eu comecei a entender. Era alguma coisa independente da vontade dos outros. Quase cultural. Quase não, era cultural. Era como se o mundo olhasse para ela e a colocasse numa cama de hospital. Doente.

— Você precisava ver a cara do médico quando meus exames voltaram todos regulares. Nenhum nível fora do normal. Era quase um caso de estudo no exterior. Aí você começa a perceber que na verdade, escondido dentro da mente de todo mundo, existe um conceito já formado sobre ser gordo. Aí eu relaxei. Aí eu percebi que precisava viver, ser feliz, independente dos outros.

Depois de mais alguns passos e mais algumas histórias, Ana Júlia me fez uma pergunta que desarrumou meus neurônios:

— E você, João? Nunca sofreu com a "gordofobia"?

Sabe música eletrônica agitada tocando na festa? Todo mundo dançando loucamente e quando chega naquela parte que a música vira o ritmo e fica tudo lento? Então, minha mente ficou naquela velocidade. Eu já tinha sofrido gordofobia? Eu era vítima disso tudo? Minha mãe exagerava na pressão? Eu era doente? Todas essas perguntas passaram na minha cabeça em um milésimo de segundos, misturadas a imagens da Amanda, do Gustavo, de todo mundo que eu já tinha visto na vida. A Amanda não me assumir era gordofobia? Eu parei e sentei no degrau de entrada de um dos galpões e fiquei olhando fixamente para aquele grafite gigante feito em um paredão, na frente de onde eu estava. Aquele que tem uma mulher com um cabelo enorme, um coração na testa e escrito “Saudade é amor. Te sigo esperando”.

Ana Júlia esperou alguns segundos e sentou ao meu lado. Ela passou a mão na minha cabeça, virou meu rosto pelo queixo e, olhando no fundo dos meus olhos, falou:

— A descoberta da vida é individual e intransferível. Isso tudo foi o que eu entendi... O importante é não deixar de tentar entender essa coisa maluca que é viver.

Eu encostei minha cabeça no ombro dela e ficamos assim, parados, observando o grafite mudar de cor com o pôr do sol. Era bom estar lá com ela, mas na minha mente não parava de rodar a pergunta: “O que eu estou esperando?”

Te sigo l-spetando
ade é ame

# CAPÍTULO 12

Minha mãe me acordou um dia e me chamou para tomar café com uma animação diferente. Quando cheguei na sala, a mesa estava posta com os seguintes alimentos: pão de forma integral sete grãos, banana amassada com aveia, adoçante de sucralose, suco de laranja e outras coisas de que não me lembro. Eu parei e não sentei.

— O que é isso?

— Resolvi que vamos comer melhor nessa casa.

— Mas você nem me perguntou se eu como essas coisas?

— Mas são uma delícia, meu filho. Essa pasta de ricota com salsinha é um espetáculo.

Ela emplastou a torrada de água e sal com a tal pasta branca e comeu. Enquanto mastigava, era nítido para qualquer criança de dez anos que ela não gostava daquilo. Para ajudar a descer, ela deu uma golada grande no suco de laranja que estava no copo e quase cuspiu tudo na minha cara.

— Tá faltando açúcar aqui. Demerara. Me falaram que esse é bom.

Eu fui para a padaria da esquina tomar café. Pedi um joelho de queijo com presunto e um guaraná natural de meio litro. Enquanto esperava o atendente pegar meu pedido, reparei em um grupo de adolescentes sentados à mesa. Eram cinco ou seis e um deles era gordo. Ele vestia um casaco de moletom escuro e era o mais animado do grupo. Nossa semelhança era total, talvez eu só fosse um pouco mais tímido que ele.

Minha vontade era de chegar nele e falar para parar imediatamente de comer esses salgados deliciosos. Se eu tivesse um pouco mais de coragem, falaria para ele acordar agora e começar a emagrecer para que a vida dele não seja pior do que deveria ser. Contaria para ele que os garotos mais magros têm mais sorte nos relacionamentos e que era bom ele começar a amadurecer e não achar que seu tamanho e até mesmo a sua idade significariam alguma coisa.

Logo depois de pensar isso tudo, pensei que se alguém tivesse me falado isso na minha adolescência, eu provavelmente ficaria puto. Na verdade, eu só queria que alguém me perguntasse como eu realmente estava. Qual era o verdadeiro sentimento que existia em mim. Qual era o tamanho das coisas que passavam na minha cabeça. Todo gordo é errado

simplesmente por existir. Por ser como é. A preocupação, o cuidado, o zelo. Tudo isso na verdade é uma puta de uma perturbação na nossa cabeça. Mas também ficava cada vez mais claro que eu precisava me encaixar para ter a Amanda de forma completa. Até me ocorreu que talvez eu estivesse numa espécie de fuga, mas quem tá fugindo não repara nisso tudo até de fato chegar no destino, certo? Talvez por isso eu esteja escrevendo isso. Talvez eu precisasse contar isso tudo para alguém para finalmente cruzar a fronteira que me separa da vida que eu quero... Ou da vida que o mundo me ensinou a querer. Enfim... A sede continuava absurda. Acho que precisava de uns quatro copos de água gelada, mas acabei pedindo ao atendente, na ocasião que contei, uma Coca lata.

A insistência da minha mãe seguiu por mais tempo que o habitual. Não era uma novidade. De tempos em tempos ela começava com essa perturbação de boa alimentação e coisas do tipo, mas depois de um tempo ela acabava desistindo, fosse por cansar de tentar me fazer tomar café com adoçante sucralose ou por ela mesma não conseguir segurar o desejo e fazer um pudim delicioso. Mas desta vez ela realmente estava empenhada em mudar a alimentação da casa e eu acabei não tendo muita opção. Sem nem perceber, acabei decidindo dar uma chance ao movimento materno e aderi à dieta. Depois de uma semana eu comecei a gostar. Na faculdade eu comecei a deixar o prato mais colorido do que antes e tanto a Amanda quanto a Ana Júlia perceberam isso.

— Tá focado mesmo na dieta, hein? — disse Ana Júlia enquanto servia um pedaço generoso de lasanha em seu prato.

— Muito bem, João. Se continuar assim, vai emagrecer rapidinho.

Eu posso jurar que vi a Amanda piscar depois de falar isso.

Não sei quanto tempo fazia que eu estava nessa dieta, mas fiquei orgulhoso de mim por estar mantendo mais tempo do que o habitual. Um dia a Amanda me ligou e perguntou se eu não queria comer alguma coisa. Achei que ela queria conversar um pouco. Tentei de todas as formas fazer ela mudar de ideia sobre o McDonald's, mas não houve jeito. Quando dei por mim, já estávamos na fila do caixa.

— Acho que vou pedir o Cheddar com batata grande… E você?

Fiquei calado por alguns instantes, sem saber o que responder. Vi que existia algo chamado McSalad, mas eu não fazia ideia se aquilo era bom ou não.

— Você já comeu esse McSalad?

— Ah, João. Um dia de McDonald's não vai matar ninguém. — Chegou a nossa vez de fazer o pedido e ela nem

me esperou: — Duas promoções do Cheddar com batata grande, por favor.

E ali, mais uma vez, eu desistia da dieta. Era sempre assim. Eu ia bem, ia bem, até que um dia escorregava, comia algo que não podia e simplesmente entendia que não tinha como manter aquilo. Eu já sabia como era desistir, não era novidade nenhuma para mim. Depois que você conhece bem determinado sentimento, ele já não machuca tanto. Ou não parece machucar.

# CAPÍTULO 13

*Eu não estou muito bem. Desculpe...*

Foi isso que a Ana me respondeu pelo WhatsApp. Fiquei preocupado. Ela não era o tipo de pessoa que fazia drama por pouco. Algo sério deveria ter acontecido naquele dia. Falei que iria até casa dela, mas ela falou que era melhor nos encontrarmos em outro lugar. AM PM. Esse é o nome dessas lojas de conveniência de uma grande rede de postos de combustível. Era quase meia-noite quando cheguei lá. Desci do Uber na esquina da rua Haddock Lobo com a avenida Paulo de Frontin. Não sei se ali ainda é Tijuca ou se já é Rio Comprido, mas acho que isso não importa muito. Ela estava sentada lá dentro, sozinha. Ana Júlia comia um sanduíche de picanha com cheddar, desses que são vendidos congelados e você usa o micro-ondas da loja para preparar e comer. Tinha outro na frente dela com uma Coca gelada.

— Peguei esse para você. Não é o McDonald's, mas é razoável.

— Obrigado… O que aconteceu?

— Eu precisava sair um pouco de casa.

— Entendi… Mas rolou alguma coisa?

— Nada de diferente, João… É sempre a mesma coisa…

Nesse momento eu vi lágrimas caírem de seus olhos. O que poderia tirar lágrimas da pessoa mais alegre que eu conhecia? Não fazia sentido ver a Ana chorar. Era inconcebível. Eu não falei nada, mas estiquei a minha mão até seu rosto e enxuguei as lágrimas. Ela respirou fundo e levantou, decidida. Foi até o caixa e pagou os sanduíches. Eu não sabia o que fazer, como sempre. Ela me olhou com certa impaciência.

— Pega seu sanduíche e vamos.

Eu fui. Saímos do posto, fiquei preocupado com o fato de caminharmos pela rua uma hora dessas. Não era o lugar mais seguro do mundo. Na verdade, não sei se existe lugar seguro no Rio de Janeiro. Caminhamos pela Haddock Lobo até chegar na praça onde tem o metrô Estácio. Acho que ali já é o bairro Estácio… né? Enfim. Ana se sentou em um banco de concreto e continuou a comer seu sanduíche. Me sentei ao lado dela e comi também.

— Eu preciso contar uma coisa, mas tem muita história antes de chegar no que eu quero contar.

— A gente não tem pressa... Eu tô aqui.

Então a Ana começou a falar. Era quase como se estivesse vomitando tudo o que estava em seu estômago, misturado com lágrimas e coração acelerado. Eu não me lembro de todos os detalhes do que ela disse, até porque a Ana me contou muita coisa. O que me lembro mesmo foi que ela falou sobre como sua mãe a sufocava e atormentava pelo fato de ser gorda, mas isso eu já sabia. Ela também falou sobre suas antigas amigas a terem abandonado. Eu perguntei o que tinha acontecido e foi aí que eu entendi o tamanho da coisa. Não era uma besteira emocional de uma jovem adulta gorda em conflito com a própria existência. Mesmo com meu problema de memória absurdo, existem coisas que gravamos em cada detalhe. Existem coisas que são tão grandes que não deixam espaço para esquecimento. E aquilo era realmente algo grande. Algo muito maior do que qualquer um poderia suportar.

Ana Júlia se apaixonou por um cara na faculdade. Ele demonstrou algum interesse, ela se encantou por ele e, quando viu, já estava completamente apaixonada. Não era um namoro, mas ela realmente acreditava que poderia vir a ser. Ele era carinhoso, ficavam sempre juntos, mas ela começou a perceber que na frente das outras pessoas ele a tratava como uma amiga. Durante um bom tempo ela achou que era normal, que precisava controlar a ansiedade e que uma hora ele iria perceber que gostava dela tanto quanto ela gostava dele. Em uma festa da galera da faculdade, eles beberam demais, não conseguiram segurar o tesão e acabaram transando no banheiro. Estavam bêbados, mas sabiam o que estavam fazendo. Os dois queriam aquilo.

Uma semana depois, Ana recebeu em seu WhatsApp uma mensagem de uma amiga dizendo que tinham vazado um vídeo dela na internet. Alguém filmou pelo basculante do banheiro os dois transando. O título do vídeo era "Bonitão comendo a gordona no banheiro". O vídeo estava no ar fazia cinco dias e já somava 855 mil visualizações. A porrada tinha sido grande. Mas Ana tinha certeza de que ele estaria tão abismado quanto ela e que, juntos, encontrariam as soluções para aquele absurdo. Ela imediatamente enviou uma mensagem, mas essa mensagem nunca chegou. Um tempo depois, ela entendeu que ele a tinha bloqueado no WhatsApp. Ela foi até a casa dele e falou sobre o vídeo. Ele disse que era realmente um absurdo e que eles precisavam processar o site. E realmente o fizeram. O problema foi depois. Ele simplesmente sumiu da vida dela. Os comentários na rede social foram pesados e, em algum momento, ela precisou deletar seu perfil em uma rede social, pois alguém tinha colocado o endereço da página dela nos comentários do vídeo e todos os usuários daquele site pornográfico foram comentar.

Semanas depois, Ana Júlia ouviu sem querer algumas meninas conversando no banheiro, falando que "a gorda da faculdade tinha dado na primeira vez que ficou com o cara". Que "era uma piranha mesmo" e "nem deveria processar o site, pois deveria agradecer o fato de um homem ter tido tesão de transar com ela". Até que um dia ela foi até o bar onde o cara e os amigos costumavam beber e, sem que ele percebesse, se sentou numa mesa ao lado da deles, protegida por um vaso de plantas decorativo que impedia que a vissem. Ela escutou o amigo dele falando que quando viu os dois indo ao banheiro, sabia que teria que gravar a cena. Nesse momento ela teve a certeza de que precisaria passar por aquilo sozinha. Eles riam muito, enquanto Ana chorava. Depressão, solidão. Mesmo depois de tanto tempo, ela ainda tinha medo de alguém a reconhecer do tal vídeo. Ana tinha processado o site, mas não foi à delegacia registrar o que escutou naquela noite, nem que sabia quem era a pessoa que tinha feito a filmagem. Também falou sobre a tristeza de precisar fingir ser verdadeiramente feliz em um mundo onde ela é vista como errada.

Em meio a tantas coisas que ela falou, eu finalmente vi a garota que eu imaginara no dia em que nos conhecemos.

Essa sim era uma menina gorda de verdade. Eu senti raiva de mim, mas agora fazia sentido. Era a comprovação de que todos nós somos assim. Aí eu entendi que talvez eu também fosse assim. E logo em seguida pensei que deveria abraçar ela e o fiz. Não consegui segurar as lágrimas que apareceram nos meus olhos. Um arrepio me percorreu o corpo. Será que a Amanda sentia por mim o que eu sentia pela Ana? Será que eu fazia com a Ana o que a Amanda fazia comigo?

Quando desfiz o abraço, Ana me olhou nos olhos e disse que precisava me contar o que de fato ela queria me contar, mas que eu não tinha deixado. Eu a beijei. E ela retribuiu. Nos beijamos de uma forma que eu nunca vou beijar igual. O encaixe perfeito, entende? Quando todos os músculos entram em perfeita harmonia.

Um segurança do metrô se aproximou. Provavelmente ele iria dizer que a praça seria fechada, mas, antes que pudesse falar qualquer palavra, eu levantei e puxei Ana pela mão. Com a outra mão, abri o celular e pedi um Uber. Fomos para minha casa. Eu nunca tinha levado uma garota para casa, mas minha mãe e minhas irmãs já estavam dormindo. Eu a levei até meu quarto e ficamos juntos. Se existe prazer nesse mundo, era aquilo. Completamente diferente da Amanda. Era completamente perfeito, como o sanduíche com cheddar no

McDonald's, só que melhor. Não apagamos a luz. Não fechamos a cortina. Não escondemos nossos corpos. Dormimos juntos, abraçados. Eu nunca tinha imaginado dormir abraçado com ninguém além da Amanda, mas, quando percebi, estava adorando o fato de estar ali com a Ana Júlia. Era como se estivesse tocando a música "The Scientist", do Coldplay, e nós estivéssemos deitados em um gramado bonito, com estrelas brilhantes no céu escuro, iluminando nossos corpos gordos e reais. Era como fosse possível ser feliz sendo quem éramos. Meus olhos fecharam contra a minha vontade. Acho que os dela também. Estávamos cansados. Cansados da vida que levávamos. Cansados do mundo em vivíamos.

Se eu soubesse o que aconteceria depois, eu teria ficado naquela noite a vida toda. É impressionante como temos o poder de transformar a beleza da vida em desgraça em poucas horas. Eu não sei dizer os motivos que me levaram para onde eu fui, mas tinha sido quase natural. É estranho falar isso agora, porque na real eu só estou contando para você, que resolveu ler isso, o que de fato aconteceu. Mas quando a gente conta alguma coisa que vivenciamos para alguém, contamos com uma consciência que não existia na época do fato. Entende isso? Se fosse hoje, seria tudo diferente... Mas não foi. E foi tão ruim.

# CAPÍTULO 14

Acordamos e Ana foi para casa se arrumar. Eu fiquei pensando nela a manhã toda até chegar a hora de nos encontramos na porta da faculdade. Eu a observei descer do ônibus e vir caminhando na minha direção. Eu não sei explicar, mas todo o sentimento que tive durante aquela noite maravilhosa não estava ali. Eu queria falar alguma coisa bonita pra ela, mas não sei bem o que aconteceu. Algo me impedia. Eu ficava olhando para os lados com medo de alguém nos ver juntos. Ana era a mesma pessoa de sempre. Animada, sorridente e feliz. Já dentro do campus, quando viramos a esquina da praça principal, vi a Amanda descendo as escadas bem na nossa frente. Eu sempre procurei não magoar as pessoas à minha volta. Eu sempre evitei conflitos. Se eu pudesse voltar no tempo, teria me controlado e não deixado transparecer absolutamente nada, mas não posso. Tudo o que já aconteceu é passado, eu sei, mas algumas dessas coisas permanecem em um espaço presente da memória. Às vezes é maravilhoso lembrar, mas outras vezes é tão dolorido quanto um soco na cara. Ana olhou para mim e logo percebeu a verdade.

Diferente de mim, Ana já tinha aprendido a ler as entrelinhas faciais de alguém. A vida já tinha batido nela com tanta força que ela desenvolveu algo que eu ainda não tinha aprendido. Algo que iria aprender nos próximos minutos, mas não fazia ideia. A Amanda era a mulher que eu queria. Talvez eu já estivesse tão viciado nesse amor que simplesmente nada mais importasse. Nada parecia ter tanta força e valor quanto isso. Por mais maravilhosa que fosse a Ana Júlia, eu não conseguia controlar meu amor pela Amanda. Ana não falou absolutamente nada, simplesmente foi caminhando sem olhar para trás. Eu pensei em gritar e pedir para ela ficar e me salvar de mim, mas que covardia seria essa? Eu não tinha esse direito. O melhor era ela ir. O melhor era eu ficar com a Amanda.

Fui falar com a Amanda com o mesmo amor de antes. E ela estava diferente. Um pouco mais séria. Seca, talvez.

— Eu preciso falar com você, João.

Fomos para nossa mesa preferida no restaurante. Ela não teve pena. Ela simplesmente fez o que deveria fazer. Ela fez comigo o que eu fiz com a Ana, só que mais honesta.

— Cara, não rola mais…

— Mas a gente…

— A gente… Eu acho que não dá mais… É que somos muito amigos e você é um cara que eu gosto… Foi legal esse lance todo, mas não rola.

— Eu amo você.

— Mas não vai rolar. Desculpa falar assim. Você é um cara legal, mas comigo não vai rolar e eu preciso ser honesta com você. Nessa viagem eu…

Novamente eu tinha mergulhado em uma piscina sem ter vontade. Só que agora a piscina parecia abandonada, com a água verde e muita sujeira. Não dava para enxergar nada. O som era mais abafado que o normal. Os movimentos eram lentos e pesados. Eu não respondi nada a ela. Eu simplesmente virei as costas e fui andando pelo corredor. Ela não me queria. Mesmo eu tendo sido o melhor cara do mundo. Mesmo dando presentes, sendo um bom ouvinte, sendo um parceiro maravilhoso. Amanda não me queria. É sempre necessário fazer uma reflexão e encontrar a culpa de algo que deu errado. Algo que você fez, falou, demonstrou. Alguma coisa precisa justificar o fracasso da gente. Meu corpo. Essa era a única coisa que fazia sentido. Ser gordo era o rio que me separava do grande amor da minha vida. Se eu pudesse, teria tirado essa capa que me cobre naquele momento. Se pudesse me transportar para um corpo normal, magro, eu faria. Eu chorei. Acho que chorei. Andando pelo corredor e imaginando que a Amanda ficou olhando para mim e pensando: "Coitado do João."

Eu não tinha certeza se estava indo para o lado certo, mas atravessei a rua olhando para o chão e não para os carros. Talvez tenha sido ajuda divina. Talvez a rua estivesse com pouco movimento. Talvez nenhum carro tenha me acertado por pura sorte. Mas essa não parecia uma ideia ruim naquele momento. Quando cheguei na outra calçada, vi o Gustavo. Ele não me viu. Só tinha ele naquele ponto de ônibus. Me escondi atrás de um poste e fiquei observando. A gente era tão parecido quando éramos crianças. Onde foi que a vida colocou essa bifurcação que nos levou para caminhos tão diferentes? Ele pegou o caminho certo. Ele virou esse cara bonito, magro, sarado, esportista, saudável. Ele virou o cara que eu deveria ser para ter a Amanda. Ele provavelmente era o filho que a minha mãe gostaria de ter. Ele era o cara que eu queria ser.

# CAPÍTULO 15

Eram umas oito da noite quando eu tomei a terceira dipirona para a dor de cabeça que estava sentindo. Enxaqueca. Era normal. Geralmente vinha depois de comer alguma coisa muito gordurosa que me deixava derrubado. Nesse dia, uma vizinha, amiga da minha mãe, foi lá em casa. Ao me ver passando mal, ela buscou seu aparelho de medir a pressão. Nem adianta esperar que eu diga qual era a minha pressão naquele dia. Eu não faço ideia, mas pelo nervosismo da minha mãe e da amiga dela, era bem alta. Não tinha como correr. Fomos para a emergência de um hospital particular na Tijuca. Minha mãe foi fazer minha ficha e eu fiquei sentado esperando ser chamado para triagem. Enquanto aguardava, observei um homem sentado nas cadeiras do ouro lado do saguão.

Esse homem já era bem mais velho, devia ter tipo uns sessenta anos. Ele era muito gordo. Enorme, posso dizer. Tipo aquelas pessoas que a gente vê no programa Quilos mortais.

Esse homem estava sentado em uma cadeira de rodas. Suas pernas estavam tão inchadas que pareciam que iam explodir. Seu semblante era triste, como se já não suportasse mais o peso que ele carregava. Eu só não consegui entender se esse peso era só o do corpo ou se existiam mais quilos que ele carregava e ninguém sabia. Também me lembrei da Ana Júlia me falando sobre todo o sofrimento necessário para ser feliz sendo gordo e saudável. Talvez a vida fosse uma grande balança que tentamos equilibrar. De um lado o corpo e do outro nossa consciência.

A médica que me atendeu era jovem. Loira, magra, bonita e sorridente. O tipo de pessoa capaz de falar que seu parente morreu com um sorriso no rosto. Ela veio conversar comigo depois que me deram uma injeção e um remédio para colocar embaixo da língua.

— João, eu não vou ficar enrolando não, tá? Vou ser direta com você.

Ela falou isso sorrindo. Mesmo.

— Tudo bem, doutora…

— Você pode ter um AVC… Sabe o que é isso?

— Claro.

— O problema não é você morrer, o problema é ficar travado numa cama dando trabalho para sua mãe.

Sorrindo sempre, não esqueça.

Parece que a minha pressão não queria estabilizar de jeito nenhum. Remédios e mais remédios e ela continuava alta. A médica então resolver fazer a melhor coisa que poderia por mim, mas foi também a pior. Ela me transferiu para o CTI. Um cara jovem como eu no centro de terapia intensiva. As primeiras horas foram tranquilas. O lugar é muito silencioso e eu fiquei na cama próxima a uma janela completamente lacrada com vidro embaçado. Mesmo assim, me dava a sensação de que o mundo estava ao meu lado. Depois de algumas horas, eu poderia sair. Eu tentava ficar calmo para que minha pressão baixasse logo, mas era impossível não pensar em tudo o que tinha acontecido. Não estou falando só da Amanda, ou da Ana Júlia, ou até mesmo do Gustavo.

Eu pensei na minha vida toda. Revivi todas as memórias que a gente consegue arquivar dentro da nossa cabeça e principalmente dentro do coração. Eu me lembrei da minha avó materna, que sempre fez questão de me mimar e me dar presentes. Lembrei da tapioca da minha avó paterna e de como manteiga de garrafa era realmente uma das melhores coisas do mundo. Também pensei nas minhas irmãs e em como elas choraram quando eu saí da emergência e fui para o CTI. Mesmo com o afastamento, normal entre irmãos em determinada fase da vida, existia uma sinceridade absurda no amor delas por mim e no medo de perderem o caçula. Pensei no meu pai e em como deveria estar sendo ruim não estar ao meu lado, já que ele morava em outro estado e não tinha condições de pegar o primeiro voo para o Rio de Janeiro. Pensei na minha mãe e em como deveria ser difícil observar seu filho nessa condição. Talvez tenha pensado que a culpa tinha sido dela. e que deveria ter tido mais pulso ou força para modificar a minha alimentação.

Não foram algumas horas, foram alguns dias. Não sei dizer exatamente quantos, talvez dois, talvez cinco. E não foi tranquilo. Não foi um repouso. Foi a primeira vez em que eu fiquei realmente sozinho. Me lembro bem de quando duas enfermeiras chegaram na minha cama e falaram que me dariam banho. Eu recusei. Eu até poderia ir ao banheiro e tomar banho sozinho, mas seria impossível tirar todos os medidores do meu corpo. Eu, que tinha vergonha de tirar a roupa na frente de qualquer pessoa, fui obrigado a ficar nu, deitado em uma cama, enquanto duas pessoas desconhecidas me davam banho. Elas deviam fazer isso com muitas pessoas durante o dia e realmente não parecia nem um pouco incômodo para elas. Era quase como se estivessem lavando uma louça. Eu fechei os olhos e pude ouvir as duas enfermeiras conversando. Uma enfermeira contava para a outra sobre como o marido era safado e como ela tinha certeza de que ele a estava traindo com uma pessoa do trabalho. A outra ouvia o relato e reagia com raiva.

— Homem é tudo igual! Safado!

— O pior é que aquele cachorro não dá mole. Eu não consegui achar nada que comprove isso.

— Mas ele continua… procurando você?

Nesse momento as duas olharam para mim. Eu estava de olhos fechados, mas sabe quando você tem certeza de que alguém está te olhando? Então. Eu continuei de olhos fechados, até porque eu queria saber onde essa história terminaria.

— Todo dia, mulher. O desgraçado quer todo dia.

— Então é menos pior, amiga. Quando o homem não procura é sinal de que está apaixonado pela outra, mas se continua procurando é só uma aventura.

E o diálogo seguiu. Na hora de me virar de lado, a raiva do marido da amiga ajudou a enfermeira a conseguir a força necessária para empurrar o meu corpo.

Nesses dias deitado, uma ficha acabou caindo na minha cabeça. Era a primeira vez que eu ficava realmente sozinho. A solidão ganha outro significado quando realmente se faz presente. Não é só uma solidão emocional. Não é estar sozinho no meio da multidão. É estar só e ponto. É não ter um rosto amigo. É só ouvir o bipe do medidor cardíaco e sentir o aparelho de pressão apertar seu braço, como um amigo dizendo: "Se liga, cara!" Ainda assim, mesmo quando voltei para o quarto, ninguém me perguntou como eu estava. Perguntaram se minha cabeça doía, se minhas pernas latejavam, se meu estômago estava irritado com os remédios, mas ninguém, nem mesmo a minha mãe, me perguntou como eu estava me sentindo. Ninguém questionou se eu tinha algo a dizer ou se precisava desabafar. Ninguém teve interesse nessa parte, talvez por todos concordarem que o problema físico era mais importante naquele momento.

No último dia, antes de sair do hospital, alguém bateu à porta do quarto. Como estava esperando minha irmã me buscar, mandei entrar. Eu não tive reação quando vi a Ana Júlia passando pela porta. Não tinha o que dizer a ela, mas ela sorriu, como sempre.

— Férias?

— Quem me dera...

— Estava conversando com sua mãe no corredor. Parece que agora está tudo bem...

— É, acho que sim...

— E como você está?

— A pressão normalizou.

— Não, não... Não tô perguntando como está sua pressão. Estou perguntando como você está?

Quem seria assim? Que alma é essa que, mesmo depois de ser abandonada, se preocupa em vir me visitar e ainda pergunta como estou? Ana Júlia mais uma vez me deixava com a cabeça virada. É mais fácil aceitar o próprio erro quando a pessoa demonstra a raiva que sente pelo que você fez. Eu realmente não sabia o que responder a ela. Eu também sabia que precisava falar sobre o que tinha acontecido, mas sabe quando você simplesmente não encontra as palavras certas para usar? Existiam coisas que queriam sair, mas elas ficaram paradas entre a minha boca e o meu coração. Eu não consegui dizer absolutamente nada.

— João... Eu sei que você tem dificuldade para conseguir colocar pra fora tudo o que você sente, mas as vezes é bom fazer isso...

— Eu sei... Mas eu não consigo... Desculpa, Ana... Não posso...

Eu virei para o outro lado e ela ainda demorou alguns segundo para ir embora. Acho que, nesses segundos, ela esperou para ver se eu pedia desculpas, ou tentou encontrar coragem para se aproximar. Mas para tudo na vida existem limites que não podem ser ultrapassados. O amor, a amizade, a parceria, até mesmo a empatia. Tudo tem um limite. A condição humana não permite que a gente se doe mais do que podemos aguentar. Qualquer relação precisa acontecer numa via de mão dupla. Dar e receber. Parece clichê, mas é a mais pura realidade. Eu ainda estava no meu momento de solidão e infelizmente não existia espaço para ninguém, nem mesmo para essa mulher maravilhosa que era a Ana Júlia. Eu ainda pensei em perguntar o que ela ia me falar na noite em que ficamos juntos. Ela queria me contar alguma coisa, mas eu a beijei e impedi que falasse. Talvez ela fosse dizer que me amava, e, depois de tudo isso, achei até melhor que ela não tenha conseguido.

Apesar da minha repulsa por médicos, minha mãe não me deu escolha e marcou um cardiologista. Dr. Mauro. Uns 55 anos e acho que tinha umas duas vezes o meu tamanho.

— Você tá gordo!

Eu juro que ele falou isso batendo na mesa. Eu literalmente quiquei na cadeira e respondi no susto.

— Você também!

— Muita gordura abdominal. Você pode morrer.

Claro que eu fiquei assustado. Ninguém fica bem ouvindo isso. Mas sei lá. Não conseguia confiar nele, sabe? O cara me

mandava emagrecer e era gordo. Acho que foi depois da sétima consulta que ele começou a se mostrar verdadeiramente e eu pude finalmente perceber que ele era, sim, um cara legal. Fazia questão de me explicar tudo com riqueza de detalhes e sempre pontuava que tudo o que falava era para o meu bem. Eu sabia que era. Minha mãe também falava muitas coisas que eu não gostava de ouvir, mas claro que era preocupação. O que talvez me deixasse um pouco pensativo era o fato de só demonstrarem preocupação com o peso que aparecia na balança. "Pense na sua mãe. Olha como ela sofre", ou então "você é muito novo para dar um susto desse nos seus amigos". Ficou claro para mim que baixar o peso na balança era a receita para o conforto das pessoas que estavam à minha volta. E todas as regras que me eram impostas me faziam ter certeza de que não adiantava falar de sentimento. O problema era nítido. A solução, evidente.

No decorrer das consultas, Mauro começou a me contar mais da vida dele. Ele nunca falava de uma vez só, mas eu fui juntando as informações picadas e consegui desenhar a história. O dr. Mauro tinha uma tristeza no olhar, eu via isso, mas era incrível a capacidade que ele tinha de esconder. Talvez eu conseguisse ter um olhar mais profundo sobre ele do que as outras pessoas, talvez ele tenha desenvolvido por mim um carinho maior do que pelos outros pacientes. Eu não sabia o porquê, mas adorava ele. Um sorriso largo, um jeito de pai, sabe? Eu ficava imaginando que aquele cara tão legal, que me lembrava tanto meu primo Eduardo, chegava em casa à noite, esquentava uma lasanha congelada de queijo com presunto e sentava na poltrona da sala para comer enquanto assistia a algum programa divertido. Talvez até o sorriso bonito dele sumisse nesse momento. Ele começou a engordar quando seu filho mais velho morreu em um acidente de carro.

Depois disso, sua mulher pediu o divórcio e foi morar em outro estado. Um dia ele deixou escapar no meio da conversa que seu filho tinha a mesma idade que eu e também era gordo. Na noite em que ele saiu com os amigos, estava muito feliz por ter finalmente ficado com a garota de que gostava. Falou para o pai que tinha sido a melhor noite da sua vida. Na saída da Linha Amarela, o carro onde ele estava com os amigos capotou na curva. Parece que o motorista tinha bebido demais e não conseguiu manter o controle.

O dr. Mauro simplesmente perdeu a preocupação, sabe? Quando você se torna pai, ou mãe, você passa a viver uma preocupação eterna com o futuro. Preocupação com a saúde, que precisa estar boa, com o horário em que seus filhos vão chegar à noite, se tudo vai ocorrer bem no dia seguinte. Depois da morte do filho, Mauro simplesmente não se preocupava mais. Daí ele foi engordando, engordando, engordando. Isso tudo eu tô falando porque foi o que juntei desse quebra-cabeça. Mauro nunca falou com riqueza de detalhes sobre isso, mas independente de qualquer coisa, entendi que sempre precisamos tomar cuidado, né?

Com essa coisa de descontar na comida. É realmente complicado.

# CAPÍTULO 16

Tranquei a faculdade e apaguei todas as minhas redes sociais. Me isolar do mundo parecia ser a melhor coisa para que tudo desse certo. Sem comunicação com qualquer outra pessoa que não fosse minha mãe e minhas irmãs. Foi então que, pela primeira vez na minha vida, comecei a experimentar a maravilha de que todos me falavam. Era como se fosse uma droga muito poderosa. Eu finalmente comecei a emagrecer. Era difícil, claro, não vou negar, mas cada quilo perdido me dava mais empolgação. Na verdade, eu me sentia estimulado por ver a empolgação da minha família. Minha mãe vibrava de alegria. Eu não conseguia sorrir. Depois de um tempo, percebi que, quando emagrecemos, o sorriso vira algo dispensável para os outros. A primeira coisa que começa a fazer diferença é o rosto. Meu rosto começou a afinar rapidamente e a reação das pessoas ao meu redor era espantosa. Minhas irmãs falavam coisas como "Que orgulho!" ou "Você está conseguindo, irmão!". Já minha mãe dizia sempre que agora eu tinha entendido e que "precisava de um susto grande para mudar minha vida". Mas era inegável que realmente estava funcionando. Eu estava conseguindo. Dieta e caminhadas. Era como uma fênix renascendo das cinzas. Eu não sei dizer quantos quilos eu perdi nesse começo, mas foi muita coisa.

Dr. Mauro tinha me indicado uma nutricionista amiga dele. Dona Graça. Graça era uma verdadeira graça. Uma senhora de meia-idade, cabelo curto, nem magra, nem gorda. Dona Graça era muito divertida. Risada alta, sorriso largo e abraço apertado. Uma pessoa que deixa você feliz só pelo fato de estar perto dela. Muito falante, sempre soltava umas piadas e comentários engraçados. Dentre muitas coisas que ela me falou, algumas eu nunca vou esquecer.

— Você pode trocar sua batata frita por brócolis, por exemplo.

A mudança nos pratos que eu comia foi drástica. Não posso negar que me deixava um tanto quanto triste. Eu gostava dos legumes, verduras e outras coisas mais naturais que estavam na minha dieta, mas eu sentia falta da alegria que certas comidas me traziam e que agora eram proibidas. Claro, eu sempre dava uma roubada, mas no geral eu estava indo muito bem. Dona Graça demonstrava preocupação com o que acontecia ao meu redor. Perguntava sempre quais comidas minha mãe estava fazendo em casa e se na rua eu estava conseguindo levar meu lanche na bolsa ou se continuava comendo salgados e frituras. A rua não era um problema. Eu simplesmente não saía de casa durante o dia. Minhas caminhadas eram noturnas. Mesmo com o medo da minha mãe com relação à segurança, eu só caminhava à noite. A sensação de que o mundo já estava lavando a louça do jantar e indo deitar me acalmava de alguma forma.

As praças próximas à minha casa estavam sempre cheias durante o dia. Fiquei imaginando como seria caminhar nesse horário. Todas as pessoas olhando para mim, com minha bermuda sem graça, blusa preta e tênis de caminhada. O gordo que estava tentando ser ativo. Nenhuma das minhas visões imaginando essa cena eram boas. Todas elas me mostravam que alguém seria parecido com o Gustavo e me xingaria de algum apelido ridículo.

No meio de tantas coisas, dona Graça me falou para eu não contar para ninguém que eu estava fazendo dieta. Eu estranhei. Sempre achei que o melhor era falar para todo mundo que eu estava fazendo dieta. Na minha cabeça, se todos soubessem, eu teria vergonha de comer besteira na frente dos outros. Era quase uma forma de transformar as pessoas à minha volta na minha irmã mais velha. O mundo inteiro estaria com o polenguinho na mão, me criticando quando algum dos alimentos proibidos passasse da minha mão para minha boca. Dona Graça disse que não. Por incrível que pareça, ela me falou que muitas pessoas, até as mais próximas a nós, no fundo, no fundo, torcem para a gente não conseguir manter a dieta. É quase inconsciente. "Só um pedacinho não mata ninguém" ou "Hoje é sábado, pode comer". E, depois de um tempo, eu tive que concordar com a dona Graça. Com toda a sua delicadeza e espírito materno, ela conseguia me mostrar algumas verdades das relações humanas. Ok, tofu com broto de bambu era horrível, mas eu comia mesmo assim. Não ir para a faculdade ajudava a manter o foco. Os parabéns diários que eu recebia da minha família me mostravam que tudo estava certo.

— Mas e você? Como se sentia nesse momento?

— Bem… Tinha como me sentir mal?

Eu era um garoto. Só que um garoto adulto. Um homem feito, maior de idade, mas que, quando deitava a cabeça no travesseiro, parecia um menino assustado. As pessoas tendem a achar que pessoas inteligentes têm a mesma habilidade com os sentimentos que possuem com as palavras, mas eu não. Eu era só um garoto grande.

Um adolescente maior de idade. E adolescentes são isso tudo que a adolescência carrega consigo, e que parece tão simples quando já se chegou na fase adulta. Eu via amigos trabalhando em empresas modernas, ganhando salários legais, viajando com suas namoradas e namorados. Eu não. Eu repeti de ano várias vezes na escola, entrei na faculdade tarde e ainda estava pensando se tinha entrado no curso certo. Se não fosse a Amanda lá, eu já teria saído. Somado a tudo isso, vinha o erro de ser gordo. Era um erro. Todos me mostravam isso. A vida me mostrava que não adiantava adiar a decisão de emagrecer. Metade dos problemas se resolveriam instantaneamente e a outra metade seria a consequência disso. Era claro. Era a regra. Até mesmo a maravilhosa nutricionista dona Graça, pessoa que tinha o meu mais sincero carinho, me mostrava os benefícios de emagrecer. E o combustível era a raiva do não da Amanda. Seu rosto aparecia toda vez que eu pensava em desistir. Eu não tinha escolha.

# CAPÍTULO 17

Isolado do mundo, a vida parecia um rio calmo seguindo seu curso. Era como se a nascente desse rio fosse uma grande loja de guloseimas, dessas que vendem tudo o que faz mal, mas as crianças adoram. Conforme o rio corria, suas margens iam sendo trocadas de doces deliciosos por legumes, verduras, farelo de aveia e frutas saudáveis. Essa imagem apareceu para mim durante um sonho. Eu sempre tive muitos sonhos. Sonhos mesmo, entende? Não estou falando de desejos para o futuro não, estou falando de dormir e sonhar com coisas.

Meus sonhos sempre foram bem realistas, mesmo sendo loucos. Eu poderia sonhar com dinossauros, seres mágicos, elfos, bruxos e coisas assim, mas sempre pareciam reais. Chegava ao ponto de tomar um susto no sonho e acordar tremendo de medo. Com o tempo, aprendi a controlar mais os sustos. Eu continuava me assustando, mas não acordava mais. A sensação de que agora eu estava correspondendo à expectativa do mundo e de que eu conseguiria finalmente ter uma vida leve e feliz eram pensamentos constantes em minha cabeça e, consequentemente, nos meus sonhos.

Naquela madrugada, tive mais um desses sonhos realistas. Era um sonho bom. Eu estava em um campo muito florido, tipo uma dessas plantações de flores que a gente vê em algumas estradas quando tira férias com a família, sabe? Uma árvore bonita se destacava na minha vista e uma mesa sob a sombra me convidava para um delicioso café da manhã. Toalha quadriculada, frutas, sucos, tudo muito colorido e iluminado. Foi tão real que eu me lembro de sentir a temperatura agradável e o frescor de uma brisa leve que levava algumas folhas a rolar pelo gramado.

Depois de sentar para esse café, vi alguém sair por detrás da árvore e sentar à minha frente. Amanda. Seus cabelos estavam um pouco mais cacheados que o normal, mas sua beleza continuava impressionante. Ela me olhou nos olhos e falou “Eu amo você” em câmera lenta, e depois pegou a jarra com suco de laranja e jogou em sua blusa branca, deixando os seios à mostra. Eu estava literalmente babando observando aquela cena, mas aí algo aconteceu e estragou tudo. Do nada meu sonho tremeu. Parecia um terremoto. Eu estranhei. Normalmente um sonho bom era um sonho bom até o final, mas esse foi bom até que fiquei tremendo.

Umas batidas pesadas faziam tudo vibrar, como se um gigante estivesse pulando ao meu lado. Eu tentei fixar meu olhar nos seios da Amanda, mas o balanço foi ficando maior e as batidas mais frenéticas. Eu ainda estava sonhando. Não sei por quê, mas eu associei esse barulho a alguém subindo as escadas da minha casa. Era uma escada grande com pedras de mármore fixadas na parede lateral e quando alguém subia correndo, a casa inteira mexia. De repente, a porta do meu quarto abriu com força. Meu corpo inteiro tremeu, como deve acontecer quando o espírito está fora do corpo e volta abruptamente, mas continuei de olhos fechados tentado voltar para o sonho bom. Ouvi uma respiração ofegante vindo da porta do meu quarto. De todos os sonhos realistas, esse estava ganhando disparado.

— Meu filho! Acorda!

Minha mãe não era a pessoa mais delicada do mundo, muito pelo contrário, mas não tinha em minha memória nenhuma lembrança de ela me acordando dessa forma. Nem mesmo nos dias de prova de matemática, em que eu fingia não acordar para não ir à escola. A respiração, o tom da voz no meio do grito. Alguma coisa estava errada e eu sabia que a notícia não seria boa, mas eu não queria acordar.

— Uma tragédia, meu filho.

Um arrepio me percorreu o corpo. Um arrepio mesmo, bem forte, seguido de um suor incontrolável. E sede também. Não me lembro de ter sentido tanta sede na vida. Abri os olhos, mas não movimentei nenhuma outra parte do corpo, só os olhos. Demorei alguns segundos até focar minha mãe parada na porta do quarto. Ela estava chorando. Sério, achei que era o apocalipse. Minha mãe não chorou na morte da minha avó. Minha mãe não chorou no divórcio dela. Minha mãe nunca chorava. Ela era a pessoa que não chorava nunca na vida e estava chorando. O que tinha acontecido, meu Deus?!

— O Eduardo… seu primo… morreu.

Direto. Bateu certo. Tipo o soco que dei no Gustavo quando era mais novo. Meu primo Eduardo tinha 43 anos quando morreu. Ele não estava doente. Ele não tinha uma condição de saúde séria que colocasse sua vida em risco. Ele não era obeso, nem tinha muita gordura abdominal nem hipertensão. E ele morreu. O cara mais legal da festa. O cara que dava carona para todos da família na noite de Natal. O cara que animava até velório não estaria mais aqui para animar nada.

Era estranho o sentimento que percorria o meu corpo. Eu não tinha muito contato com ele. Ele era mais velho e não tivemos momentos bonitos para ficar eternizados na memória.

Era só um dos muitos primos de uma família enorme, mas eu não conseguia acreditar que ele não estaria mais ali. Ele não me defenderia mais na noite de Natal. Ele tinha morrido num acidente de carro. Foi igualzinho ao filho do dr. Mauro. Nesse momento tudo desandou. E eu voltei a comer as mesmas coisas.

Vou tentar explicar melhor. Eu sabia que não deveria comer determinada coisa, mas era quase que impossível não comer. Eu pensava que era só aquele pedaço. E depois outro. E depois mais um. Eu tentava, mas não conseguia. Meu primo estava morto e não foi por causa da gordura. Eu tinha conquistado tanto nesses meses de sacrifício e comecei a observar tudo ir embora sem esforço algum.

Minha mãe começou a se desesperar, minhas irmãs saíam de perto quando eu pegava mais um pedaço de pizza que eu mesmo tinha pedido. Eu desmarquei os médicos e encontrei uma boa desculpa para cada uma das ausências. Eu tinha motivo para tudo. Para comer, para não ir ao médico, para não sair pra caminhar. Tudo. Até que, uma noite, ouvi um barulho vindo do quarto da minha mãe e fui ver o que era. Quando olhei pela porta, ela estava chorando na cama, sozinha. Ela me viu parado e me chamou para sentar ao seu lado.

— Meu filho, não me importo se você engordar. Eu não

ligo para o fato de ser gordo... mas não quero que você morra. E se eu precisar te internar para que você possa viver, se precisar fazer qualquer coisa, eu vou fazer. Você estava indo tão bem... mas depois que seu primo morreu eu tô vendo você se destruir sem poder fazer absolutamente nada.

Eu não tinha resposta pra dar. Não existia nenhum comentário a fazer. Minha mãe tinha sonhado com meu primo no Natal do ano anterior. Existe até uma filmagem disso em uma dessas fitas miniDV que nós nunca mais assistimos por não ter o adaptador. Mesmo depois de ter se separado do meu pai, minha mãe continuava a frequentar o Natal da família dele.

Ao chegarmos na casa da minha avó, minha mãe falou para o meu primo que tinha sonhado com ele sofrendo um acidente de carro e que ele precisava tomar cuidado. Ele fez alguma piada como resposta, mas perguntou o que poderia fazer. Minha mãe receitou alguns banhos de ervas para tirar as energias ruins. Alguns meses depois, ele morreu em um acidente na estrada, à noite. Lembro de a minha mãe ter falado sobre a impotência que sentia por não ter podido fazer absolutamente nada para impedir, e que por isso faria o que fosse preciso para que eu me salvasse do futuro certo. Eu não consegui refletir profundamente sobre isso. Eu não tinha como argumentar, nem tinha coragem de pontuar algumas coisas.

E, mesmo que todos da minha família estivessem esquecendo pontos importantes, uma coisa era certa e indiscutível: eu realmente ia perder tudo. Todo o esforço que eu tinha feito seria jogado fora. Eu não tinha mais controle sobre mim e foi nesse momento que eu entendi o que deveria fazer. Quando se esgotam todas as tentativas. Quando nada mais faz efeito. Quando você sabe que precisa jogar sua última carta na mesa para tentar salvar o jogo.

A cirurgia era a única solução. Eu precisava operar o estômago e voltar a ter controle sobre alguma coisa. Eu não consegui enxergar outra saída. Era isso. Eu precisava fazer a cirurgia bariátrica.

# CAPÍTULO 18

"Na Idade Média, ser gordo era símbolo de distinção e riqueza. Hoje em dia, apesar de a maioria da população ter algum problema com sobrepeso, o padrão magro e esquelético é o mais difundido pela moda e pela internet. A vida, com certeza, é bem mais problemática para aqueles que têm uns quilinhos a mais."

— Li isso no Facebook hoje e quis trazer para você. Engraçado, né? — comentei.

— Você acha engraçado mesmo?

— Você não acha?

— Não sei... O importante aqui é o que você acha — disse o médico.

— Entendi...

— João, você tem raiva do mundo?

— Raiva do mundo? Eu?! Não!

Eu não posso ter raiva do mundo. A minha forma física

foi um erro meu. Eu sou fraco. Eu não consigo. E eu acho mesmo que é necessário ser enfático e até cruel com a gente. A gente, os gordos, eu digo. Do jeito que a coisa anda, o mundo inteiro vai engordar. É um problema de saúde pública, não é? Sei que estraguei a dieta e abandonei tudo. Se tivesse mantido, estaria magro, com certeza, mas o meu caso nem é tão absurdo assim. Tem gente aí que não consegue se locomover por causa da gordura. Eu só sinto um pouco de falta de ar quando vou amarrar o sapato. É, tem a pressão também, mas tem gente pior do que eu. Não podemos atribuir aos outros a responsabilidade que é nossa. Meu corpo, meu erro. Não é? É, sim. Eu juro que acho que falei isso tudo. Não, não juro não. Mas juro que é isso que eu penso. Sabe, uma vez eu fui assistir a uma peça de teatro, mas caiu uma chuva torrencial na cidade na hora em que ia sair de casa e eu acabei chegando muito atrasado. Chegando lá, percebi que não era bem uma peça de teatro. Era um show de stand-up:

— Oi, amigo. Tá atrasado, hein? Tinha que ser gordo mesmo! Gordo fazendo gordice. Puta que pariu! Isso me lembra um amigo meu que é tão gordo, mas tão gordo, que foi na delegacia registrar o desaparecimento do pinto dele. Diz o ditado que "existe uma criança em cada um de nós". E eu digo que se essa criança existir dentro de você, com certeza ela ficou adulta! Mas não fica chateado, não, gordo. Eu li outro dia que se você pesa cem quilos na Terra, em Marte você pesa 38 quilos. Viu que coisa boa?! Você não está gordo, apenas está no planeta errado! Isso é tudo brincadeira, tá? É para entreter. E eu sou meio implicante mesmo. Minha esposa diz que eu pego no pé de um dos meus filhos. Mas eu não pego no pé "dos meus filhos", eu pego no pé do gordinho feioso para caralho! O moleque tá tão gordo, mas tão gordo, que eu estava assistindo a uma série na TV da sala, o moleque passou na minha frente e eu perdi dois episódios. Ih, acho que ele tá ficando triste. Fica assim, não! É brincadeira. Gostei da sua camisa. O tamanho dela é igual a minha internet: 4G? Você é o terror das vendedoras de roupas, né? Quando você entra na loja, ela pensa: "Caralho, e agora?! Vou ter que mandar costurar lona pra fazer uma roupa pra ele". Mas eu acho isso um absurdo. Esse preconceito com os gordos. Eu não tenho preconceito com gordo. Eu trato o gordo como se fosse gente. Uma vez, um amigo meu falou: "Para de me zoar! Eu sou gordo, mas posso emagrecer. E você que é feio?". Eu olhei pra ele e falei: "Já comeu alguém este mês?", e ele começou a chorar. Mas dizem que um homem sem sua barriga é um homem sem história. O amigo aí já escreveu quantos livros?

Ficamos em silêncio durante um bom tempo, o médico e

eu. Eu tenho 29 anos e ainda parecia um adolescente. Quando a gente percebe que falou mais do que previa, a sensação é quase uma pós-gozada. Como se o corpo inteiro entrasse numa espécie de relaxamento poderoso. Só que não tem prazer. Eu precisava daquilo, mesmo. Eu precisava acabar logo com aquilo. Não tinha mais volta nem dúvida.

— Eu estou pronto. Estou pronto para fazer a cirurgia. Realmente estou. Você vai ver. Eu prometo que vou voltar depois. Gostei mesmo de você, de verdade. Sempre achei que essa coisa de psicólogo fosse para maluco, mas você mudou a minha visão. Sei lá. Acho que estou me entendendo mais, me sentindo melhor, mais confiante. Quando a gente se encontrar novamente, estarei magrinho, magrinho. Ah, moleque! Ninguém me segura mais!

Olho no olho. Não lembro se na hora meus olhos se encheram de lágrimas, mas agora, enquanto escrevo, sim.

— Obrigado, tá? De coração.

# CAPÍTULO 19

Entre a minha decisão até a hora de me deitar na mesa de cirurgia deve ter passado um ano. Eu não tenho certeza. Quando começou o efeito da anestesia geral, eu fui entrando numa espécie de transe.

De repente, eu estava na casa da minha avó paterna. Ela morava em uma casa de dois andares, em uma vila na Zona Norte do Rio. Aquela vila parecia gigante quando eu era pequeno, mas agora parecia minúscula. Talvez eu que tenha crescido. Eu sabia que aquilo não era real. Sabia que era uma visão criada pela minha mente. Na vila, quase na porta da casa da minha avó, tinha um banquinho. Esses bancos de concreto para proteger hidrômetro. Sentado nesse banco, estava meu primo Eduardo. Ele estava bem. Roupas claras, um sorriso no rosto...Quando me viu, fez um gesto com a mão me chamando para sentar ao seu lado. Eu fui. Fiquei tão feliz de encontrar com ele naquele momento. O cara que me protegeu em segredo durante a infância. Uma das referências mais fortes que eu tinha de alegria e positividade. E ele estava bem. Como isso era importante. Era quase como ser abraçado por ele no Natal.

— Oi primo — falei, com lágrimas nos olhos.

— E aí, primão? Como você está?

— Anestesiado. Isto aqui não é real… Mas estou feliz em ver você neste momento.

— Você estudou bem sobre como eles fazem isso?

— Sim… Me explicaram umas duzentas vezes.

— Eles vão tirar um pedaço do seu estômago e fazer uma parada muito louca no seu intestino.

— Eu sei, mas não tinha outro jeito… Eu preciso emagrecer.

— É, né? Mas tudo bem… Hoje em dia é muito seguro. Você está com medo?

— Morrendo. Acho que nunca vivi sem medo…

— Normal. O medo faz parte disso tudo.

— Será que vai dar certo? Você que já morreu poderia dar uma sondada e me falar se isso tudo vai valer a pena lá na frente.

— Seria genial se eu pudesse fazer isso, né? Mas, primão, o futuro é tudo isso que a gente vive no presente, só que engraçado. Lá na frente, pra ser legal mesmo, você vai aprender a rir disso tudo.

— E vai ter graça?

— E não é engraçado? Pensa bem... É, sim! Sempre é engraçado.

A minha visão foi voltando. Alternando a imagem do meu primo e a do teto do quarto do hospital, eu fiquei bem enjoado. Quando fixei totalmente meu olhar no quarto, virei lentamente a cabeça e vi minha mãe deitada no sofá, dormindo. Estava feito. Agora era esperar o resultado do movimento mais importante que eu havia feito nesse tabuleiro de xadrez que é a vida. Merda. Não sei jogar xadrez.

# CAPÍTULO 20

Eu achei que estava me afogando. Líquido, líquido, líquido. Acho que durou uma semana. Você não é capaz de imaginar a alegria de ser autorizado a comer gelatina em um copinho de café. Eu não vou negar que a vontade de comer um hambúrguer ou até mesmo um prato de arroz com feijão ainda estava ali, mas o medo de ter alguma complicação era maior.

Eu me lembro da dor e dos gases. Nunca soltei tantos gases como nos primeiros dias. Como uma dependência química, os primeiros dias de abstinência foram os piores, depois fui me acostumando. Quando você começa a perder o peso, você compreende o que significa "tirar o peso das costas". O sorriso e a dedicação da minha mãe e das minhas irmãs foram muito importantes também. Era como se finalmente eu estivesse correspondendo às expectativas delas. Era como se, pela primeira vez na minha vida, eu realmente estivesse fazendo algo certo. O tempo foi passando. Alguns dias mais rápido, outros dias

mais lento.

Não lembro bem quanto tempo demorou até que eu saísse de casa. Eu estava completamente alienado do mundo exterior. Simplesmente sumi da vida de todo mundo. Nem Amanda, nem Ana Júlia, não via ninguém. Contava com a sorte de elas não terem saído da faculdade, mas eu só voltaria quando estivesse magro. Eu só voltaria no padrão certo. Eu só voltaria para ficar de vez com a Amanda.

Já devia ter perdido uns quinze quilos e o peso da minha pele começava a incomodar. O dr. Mauro me recomendou procurar uma academia para reforçar a musculatura e melhorar meu condicionamento físico. Isso também me ajudaria no processo de emagrecimento. Depois de oito meses, posso dizer que eu estava magro. Precisava cuidar das roupas para não mostrar o excesso de pele, e continuava sem tirar a roupa na frente dos outros. Ainda tinha um processo até pensar numa cirurgia de retirada de pele, mas posso afirmar que eu tinha chegado lá.

Mas algo engraçado aconteceu. Não sei se a minha mente resolveu me proteger, mas eu apaguei muita coisa desse período da minha memória. O problema é que o que eu lembro era melhor esquecer. Ou não. Não tenho certeza. Aconteceram tantas coisas que me dá até um certo cansaço de escrever aqui. Na real, nem sei o motivo de ter começado a escrever isso tudo, já que sou péssimo com lembranças, datas e pessoas. Mas vou terminar. Nessa jornada toda eu aprendi que preciso finalizar as coisas na vida. Uma vez me falaram que precisamos tomar cuidado para não chegar aos quarenta com uma gaveta cheia de projetos inacabados. Eu já estou com 31. Preciso acabar esse aqui.

Minha mãe e minhas irmãs não paravam de insistir que eu deveria sair um pouco, ver gente e socializar. Minha mãe chegou a me perguntar por que eu não procurava a Ana Júlia. Ela tinha sido a única pessoa a me procurar quando fiquei internado. Só então minha mãe me contou que ela tinha ido lá em casa para saber de mim. Falou que era minha amiga da faculdade e tinha ficado preocupada com o meu sumiço. Eu falei que não queria ver a Ana e que ela tinha hábitos alimentares que iriam me prejudicar. Minha mãe entendeu. A única coisa que ela falou foi:

— Ah, que pena... Ela parecia ser uma moça legal.

E realmente era, mas não existia em mim capacidade de olhar nos olhos dela e falar tudo o que eu deveria falar.

Depois de toda a insistência delas, resolvi me arrumar e sair. Blusa mais larga do que deveria para esconder a pele que sobrava na barriga e manga comprida para esconder os braços. Vestir as calças era a parte mais legal. Pela primeira vez na vida eu conseguia vestir uma calça de uma loja qualquer dentro de shopping. Me arrumei e, quando olhei no espelho, gostei do que vi. Um cara normal. Um cara que poderia chegar numa boate e interagir com qualquer pessoa sem ter medo. E lá fui eu. Existia uma boate na Tijuca chamada Virtual Game Dance. Antes tinha o nome de Terceiro Milênnio. Essa boate ficava exatamente em frente a um supermercado, e da minha casa até a boate era possível ir andando, cortando caminho por dentro do estacionamento do supermercado.

Enquanto eu caminhava, animado em ir a uma boate sozinho, fiquei observando as pessoas que chegavam na porta. Todos sempre muito bem arrumados, perfumados e com um olhar de animação e um clima de conquista. Impossível não lembrar das festinhas de quando eu era mais novo, mas agora tinha bebida alcóolica, pegação e, quem sabe, sexo depois. Demorei, mas criei coragem e entrei.

Me lembro de estranhar um pouco a escuridão. O som também era algo que me incomodava. Eu caminhava pelos corredores laterais da pista de dança e achava interessante como as pessoas dançavam de formas diferentes. Na minha época de adolescente, todos faziam os mesmos movimentos, imitando as coreografias das boy bands. Hoje todos dançavam de uma forma mais solta, cada um na sua onda. Reparei

uma mulher dançando em um canto. Aparentemente tinha a mesma idade que eu, ou quase isso. Ela tinha cabelo preto e curto. Seu corpo não era de nenhuma rainha de bateria, mas também não era gorda. Ela dançava de olhos fechados e parecia não estar ouvindo a mesma música que as outras pessoas. Sem nem perceber, depois de alguns minutos, eu já estava próximo dela.

Não posso dizer que não estava morrendo de medo de tentar falar com ela. Eu simplesmente não fazia ideia de como iniciar uma conversa com uma mulher em uma boate. Mas existia em mim um sentimento de superação. Eu já era um homem adulto e precisava virar essa página na minha vida. Eu tinha que conseguir "pegar" uma mulher na balada. Eu precisava disso para me sentir capaz e talvez me igualar a todos os outros homens do mundo.

A gente aprende desde pequeno que homem precisa ser "pegador". Chegar em uma boate e mostrar para uma mulher o que ela precisa do sexo oposto. Eu nunca consegui entender isso muito bem, mas acreditava que o fator físico era o ponto que me fazia não entender esse comportamento masculino. Agora não tinha mais esse problema. Eu não iria sair com ela da boate para um motel e fazer sexo a noite toda, mas só o prazer de "pegar" ela seria a injeção de ânimo perfeita para seguir a minha caminhada até a fase final desse processo louco.

Me aproximei mais. Ela olhou nos meus olhos e depois percorreu meu corpo como que analisando. Um sorriso foi o sinal que eu entendi como autorização para chegar mais perto. Dançamos por alguns segundos e, sem nem perguntar o meu nome, ela me beijou. Não tinha sido como os outros beijos que eu já tinha dado. Foi um beijo afoito, molhado, com sede. Eu nem sabia como corresponder àquilo, e ela me empurrou para a parede ao lado do pequeno palco que existia ali. Ela esfregava o corpo em mim e eu tentava corresponder, mas algo não fazia sentido. Não era incrível. Faltava alguma coisa no meio disso e eu não conseguia entender o que era. Depois que ela finalmente descolou a boca da minha, eu consegui chegar perto do seu ouvido e falar alguma coisa.

— Qual é o seu nome?

— Larissa!

— Prazer.

Ela sorriu e ficou em silêncio.

— Meu nome é João.

— Legal!

— Quer beber alguma coisa?

— Cerveja.

Fui ao bar e peguei uma cerveja para ela e uma água pra

mim. Ela riu quando me viu voltando com uma garrafinha de água mineral.

— Água?

— Eu não bebo.

— Nossa... diferente.

— Você não quer sentar um pouco para conversar?

— Conversar?

Ela riu novamente e me puxou pelos braços até o lugar onde ficavam algumas mesas e cadeiras. Ela confessou que achava engraçado eu ter chamado ela para conversar, mas que queria tomar aquela cerveja com calma. Eu não tinha nenhuma habilidade com mulheres, mas tinha muito talento com as palavras quando não existia um sentimento envolvido com a outra pessoa. Iniciamos ali uma conversa maravilhosa.

Larissa morria de rir com minhas opiniões sobre todos os tipos de assuntos. Ela me contou um pouco sobre a vida dela e, em algum momento, questionou sobre por que estava falando tanto com um cara que ela tinha acabado de conhecer em uma boate. Ela gostou de mim. Posso dizer que eu também gostei dela. Demos mais alguns beijos em alguns momentos e aí comecei a entender que, quanto mais eu sabia da sua vida, melhor o beijo ficava. Dançamos juntos e bebemos mais. Ela ficou um pouco bêbada e pediu para que eu tomasse conta dela.

— Eu posso estar completamente maluca, mas você é um cara legal. Onde você estava esse tempo todo?

É claro que eu não queria falar sobre tudo que vocês já sabem. Eu estava tão feliz por ter conhecido a Larissa naquela noite que procurei só falar coisas boas. Saímos da boate e já estava amanhecendo. Fomos comer alguma coisa na lanchonete do supermercado que era 24 horas. Enquanto a gente comia, e sem nem perceber, eu já tinha falado para ela sobre a Amanda, Ana Júlia e a cirurgia.

— João, João. Quando eu saí de casa hoje eu só queria dançar, beijar na boca e esquecer dos problemas... Mas foi muito melhor que isso. Eu amei conhecer você.

— Também foi muito bom conhecer você... Eu ligo pra gente se encontrar novamente.

— Pode me ligar! Eu vou adorar... Mas posso ser sincera com você?

Gelei. Não gosto de conversas que começam com essa pergunta.

— Eu vou adorar sair com você, e até mesmo ficar com você novamente, mas eu acho que você tem coisas pra resolver, né? Eu demorei muito pra sair completamente do meu último relacionamento. Se me permite um conselho, a liberdade precisa primeiro acontecer dentro da gente.

Depois de mais um tempo de conversa, Larissa foi embora pela porta automática e eu fiquei sentado lá, pensando que seria maravilhoso sair com ela novamente, mas que eu realmente tinha muita coisa pra resolver, mesmo sem ter realmente um relacionamento em aberto. Eu tinha me decepcionado com a Amanda e sido um babaca com a Ana Júlia. Era indiscutível que eu teria que resolver essas questões, mas ainda tinha uma caminhada longa até estar "pronto" para isso.

No caminho de volta pra casa, passei pela praça Afonso Pena, onde eu sempre caminhava à noite, e vi um rosto conhecido atravessando a rua em direção à padaria da esquina. Era impossível não reconhecer as orelhas que marcaram a minha adolescência. Francisco, o Hamtaro. Automaticamente o chamei. Gritei seu nome e observei ele procurando de onde vinha a voz. Quando me viu, não me reconheceu.

— Desculpa… Quem é você?

— João, do colégio…

Sua expressão de dúvida virou para uma raiva contida quando sua lembrança finalmente alcançou a ficha com meu cadastro, mas ele tentou ser educado.

— João… Tudo bom?

— Tudo! E com você?

— Tudo certo.

— Faz o que da vida?

— Trabalho com TI... Olha, foi um prazer encontrar você, querido, mas agora preciso ir. Abração.

Eu estiquei a mão para cumprimentá-lo, mas ele virou de costas antes que o meu braço estivesse totalmente esticado. Claro que eu fiquei triste, mas entendi. Acho que já falamos aqui sobre o limite de cada coisa, né? Eu era a lembrança ruim dele. Eu era o cara que tinha sido babaca e transformado a entrada dele na sala de aula um inferno. Era mais que justo ele me odiar e não querer assunto comigo. É engraçado como uma pessoa pode ser incrível e legal para alguns, como eu tinha sido para Larissa, e pouco tempo depois ser o babaca para outra pessoa. Todos nós somos isso tudo. Legais e babacas. É muito louco, mas é a mais pura realidade.

Eram umas onze da noite de uma quarta-feira. Algumas pessoas sentadas, certo movimento na entrada da estação do metrô, mas nem se compara com o movimento de outros horários. Eu sempre caminhava olhando pro chão e a música Stop Crying Your Heart Out, da banda Oasis impedia que eu ouvisse qualquer barulho do mundo. Bem no refrão, alguém passou por mim e eu senti que essa pessoa parou. Eu não olhei e continuei em frente. Senti uma mão segurar meu ombro. Fiquei sem ação quando virei e olhei no olho dele. Gustavo.

Outra pessoa não reconheceria ele. Outra pessoa também não me reconheceria. Os 35 quilos que eu tinha perdido, ele tinha achado.

Nesse pequeno instante de olhar, tive a certeza de que nossa conexão seria eterna. O Gustavo tinha me modificado para sempre, e eu a ele. Não me lembro exatamente do que falamos, mas me lembro de ele ter perguntado como eu estava, que era muito bom me reencontrar e que seria genial se fôssemos tomar um chope. Eu fui embora pensando que eu nunca iria ligar para o telefone que ele tinha me dado. Mais ou menos o que o Francisco fez comigo. Isso seria o certo a se fazer. Mas o que a gente faz quando nosso inimigo nos deve tantas explicações? Eu queria saber de tanta coisa. Queria entender tanta coisa. Era impossível conter a necessidade de ouvir tudo o que o Gustavo precisava me falar. Ele me devia isso. Talvez eu também devesse isso a ele.

Eu estava magro. Eu já começava a criar a coragem dentro de mim para voltar ao meu mundo. Eu vivia pensando na Amanda. Imaginava se ela teria mudado muito ou se simplesmente continuaria do mesmo jeito. Eu sonhava com o nosso encontro, e tinha certeza de que agora seria diferente. O maior problema que existia entre nós já havia sido resolvido. Eu já tinha alcançado o padrão ideal. Faltava muito pouco para que eu pudesse finalmente procurar por ela. À noite, sozinho no meu quarto, eu olhava para o meu corpo refletido no espelho, o corpo que por tanto tempo odiei. Era estranho vê-lo agora, mas era melhor do que a visão que eu tinha antes. Depois de alguns ajustes, estaria tudo perfeito. Ainda assim, eu pensava em Ana Júlia. Precisava ligar pra ela e me desculpar, dizer que ela era sensacional e que, com toda a certeza, iria encontrar alguém que a amasse verdadeiramente e profundamente, mas esse alguém não era eu. Eu nunca quis magoá-la. Eu sei que o fiz, mas não foi por querer. Aí eu percebi que antes de me desculpar com a Ana Júlia, procurar a Amanda ou qualquer outra coisa, eu precisava realmente encontrar o Gustavo. Nada poderia acontecer antes dessa conversa reveladora.

# CAPÍTULO 21

O médico ficou em silêncio por muito tempo. Eu também. Era impossível não notar a surpresa no rosto dele. E eu entendia bem sua expressão. Não tinha como não se espantar, mesmo que isso seja mais comum do que se imagina. Ele tinha dado parecer negativo para a cirurgia, mas, mesmo que a gente reclame da corrupção intrínseca em nosso país, sempre que é preciso burlar o sistema, fingimos que existem mais prós do que contras. Arrumamos justificativas para cometer aquilo que criticamos. Enfim, consegui outro parecer, dessa vez favorável.

Não vejo motivo para esmiuçar essa questão, mas digamos que a gordofobia, que hoje reconheço perfeitamente, me ajudou a burlar o processo. Eu usei o preconceito que fica escondido dentro de quem precisa nos ajudar para conquistar aquilo que eu queria. Tinha chegado a hora de quebrar o silêncio. Dois anos tinham se passado desde a minha cirurgia e, mesmo assim, eu ainda não conseguira melhorar essa

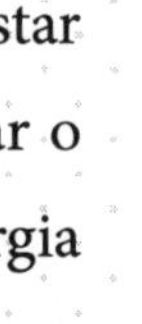

confusão que minha cabeça faz com o que foi dito e o que foi pensado. Então vou simplesmente escrever. Peço desculpas, mas não consigo fazer de outro jeito.

— Engordei! — exclamei. — Que merda, né?

Não sei o que aconteceu. No começo, depois da cirurgia eu estava indo bem, juro. Estava magrinho, magrinho. Academia, dieta, tudo certo. Mas aí, eu não sei dizer o motivo, a coisa foi voltando, voltando... Quando vi, voltou. Não acho que eu esteja triste, não. Talvez um pouco mais calado do que de costume. Talvez eu tenha perdido um pouco do brilho, mas estou trabalhando nisso. A sensação é que eu quase cheguei aonde o mundo queria que eu chegasse, mas desisti da corrida nos últimos dez metros. Claro, muitas coisas aconteceram e eu vou precisar falar disso, mas eu queria deixar claro que estou muito feliz em te ver novamente. Na verdade, eu pensei muito em você esse tempo todo. Só estava faltando a coragem de vir aqui de novo.

Mudou pouca coisa no consultório. O bebedouro de galão deu lugar a um filtro desses de parede, de que a água já sai gelada. Para o Rio de Janeiro, faz uma boa diferença.

As cores das almofadas também mudaram, mas continuavam com um colorido bonito, deixando o lugar bem agradável. Ele tinha envelhecido pouco, ou talvez nem tenha mudado nada, e sim os meus olhos que enxergavam o mundo de outra maneira. Era bom estar ali. E, mesmo tendo engordado tudo novamente, eu me sentia mais leve. Muito mais leve. Talvez o último peso que eu precisasse tirar das costas era o da história toda. Ok, o penúltimo peso. O último peso está saindo agora, enquanto escrevo tudo isso. Talvez possa ter ficado um pouco confuso, mas eu confio que você que está lendo tenha compreendido. O jeito com que escrevo reflete tudo isso que acontece dentro da minha cabeça. Eu não sei se com você é assim também, mas são tantos pensamentos, tantas ideias, tantas confusões mentais que a tradução disso tudo em palavras não poderia seguir muito bem qualquer linha. Enfim, vamos aos fatos que aconteceram nesse curto período de tempo.

Com certeza eu não consegui disfarçar meu desânimo. Eu não queria falar com Gustavo. Eu não queria ser educado com ele. Ainda assim, eu tinha certeza de que precisava ir. E foi o que eu fiz. Chope para ele, água para mim. Queria muito que ele me contasse sobre como a vida dele deu errado. Sobre como estava infeliz por ter sido traído pela namorada e como se culpou todos os dias por ter sido tão babaca comigo na escola. E que, por causa dessa culpa, ele acabou engordando tanto quanto eu. Ele até comentou o fato de agora ele estar gordo e eu magro. Mas não, sua vida não foi um fracasso. Ele saiu do colégio e foi cursar Educação Física. Também jogava handebol no time da faculdade, mas acabou machucando o joelho e por isso parou de praticar esportes. Foi nesse momento que ele começou a engordar.

Achei engraçado ele contar que nem percebeu que estava engordando. Um dia, alguém fez um comentário jocoso e aí ele viu que era verdade. Agora ele era o gordinho da turma. Foram uns quarenta minutos dele falando da vida dele. Contando das namoradas, das transas, das festas. Eu acho que todo homem gosta de contar vantagem sobre sexo. Provavelmente ele não transou nem com metade das mulheres que falou. Me contou também que uma vez vazaram um vídeo de ele transando com uma garota no banheiro de uma festa. Falou que o que era para ser ruim foi até melhor pra ele. Ele virou o garanhão da faculdade, seu melhor amigo que tinha filmado tudo. Aí mudou o rumo da conversa para dizer que agora finalmente tinha se apaixonado. Falou que tinha encontrado a mulher com quem queria passar o resto da vida. Depois de muito tempo, entramos nas memórias da época da escola. Ele ficou rindo, lembrando da nossa briga na cantina e da implicância dele comigo. Eu ri também. Por dentro eu queria dar um soco na cara dele, mas ri também. Em algum momento, criei coragem e perguntei sobre o motivo. O que fez ele, do nada, começar a me xingar?

— Ah, cara. Sei lá. Teve um dia que eu e os moleques olhamos para você de longe e começamos a rir. A sua calça era tão larga que parecia que você estava cagado. Um deles duvidou que eu falasse isso na sua cara e eu falei. Não sei o motivo, eu nem pensei. Eu simplesmente falei. Aí virou uma bola de neve. Mas sério, João. Eu sei que isso te irritava, mas você não ligava, né? Eu sei que você ficava bolado, mas não te magoava. Né?

Às vezes a gente brinca com as pessoas sem se dar conta das marcas que isso pode causar. Eu mesmo fiz isso muitas vezes. Algumas dessas eu me lembro, mas devem ter acontecido tantas outras em que eu nem faço ideia de que machuquei alguém. Mas machuquei. E dói. Dói muito. E não foi só o Gustavo que me machucou não, foi o mundo.

Desde o começo da conversa, eu estava meio anestesiado. Era como se eu prestasse atenção nele, mas a minha cabeça não parava de passear pela minha antiga escola, como uma cena em plano-sequência de um filme. Eu pensava em muitas coisas, mas principalmente tentava imaginar como seria viver sem realmente me importar. Não estou falando de saúde não, estou falando de não se importar realmente. Plenamente. Eu sempre acreditei que fazia isso, mas não é verdade. Eu aprendi a fazer graça da dor, mas, mesmo rindo, ela dói. Talvez eu só tenha lembrado disso agora. Talvez eu não quisesse falar, mas a verdade é que, quando o Gustavo completou doze anos, fizeram uma festa maravilhosa na casa dele. A turma inteira foi, dançou e se divertiu. Menos eu. Eu era o melhor amigo dele, e ele não tinha me convidado para a festa. Eu questionei no dia seguinte. Perguntei por que ele não tinha me convidado, se eu era o melhor amigo dele. Ele tentou desconversar, mas eu insisti. Eu o conhecia, sabia que estava escondendo alguma coisa.

— As meninas da escola têm nojo de você.

As meninas da escola tinham nojo de mim. Aquela talvez tenha sido a maior decepção da minha vida até aquele momento. Quando aquelas palavras saíram de sua boca, entraram no meu ouvido e percorreram o meu corpo, passando primeiro pelo coração para depois atingirem o meu cérebro.

Percebi que não importa o tamanho da amizade. Há coisas que são mais importantes para algumas pessoas. Trabalho, lugar na mesa, interesses pessoais, peças de teatro, amores, ter sempre a razão, meninas da escola. Algumas coisas são realmente mais importantes que uma boa amizade. Se ele tivesse me convidado para aquela festa, talvez tudo tivesse sido diferente. Se ele tivesse me deixado dançar no cover das boy bands da escola, poderíamos ter continuado amigos. Talvez não tivesse engordado tanto, talvez a vida não tivesse se mostrado tão cruel em tantos momentos.

É engraçado observar o mundo agora. Talvez seja a tal maturidade de que tanto me falaram, mas eu nunca entendi. Talvez eu tenha precisado mergulhar fundo dentro de mim e lembrar de muita coisa para que quem eu sou hoje fizesse algum sentido. Depois desse tempo, eu cheguei à conclusão de que talvez eu tenha construído a minha fortaleza. Minha trincheira protetora de tudo isso. O mundo fica de fora. É a minha defesa. Minha armadura. Se ninguém me aceita, eu não me aproximo e aí não sofro.

Será? Pode ser, né? Agora tudo faz muito mais sentido que antes. Mas, depois de ver o Gustavo, eu senti que havia chegado a hora da prova de fogo. Chegou a hora de encarar o meu destino e conquistar o meu prêmio. Era a hora de voltar. Era a hora de procurar a Amanda.

# CAPÍTULO 22

Eu liguei para ela. Liguei e marquei um encontro. Talvez tivesse sido melhor reativar minhas redes sociais, mas eu não queria que ela me visse por foto. Eu queria ter o prazer de ver a sua primeira reação ao me ver magro. O restaurante ficava em Botafogo, na Zona Sul. Japonês. Era a comida preferida dela. Pedi uma mesa perto da janela e levei rosas. Não tinha como não dar certo. Se a única coisa que nos separava era o meu corpo, então estava resolvido.

No momento em que entrou no restaurante, fiquei analisando cada movimento dela. Como era linda. Como dançava ao caminhar. Era impressionante como ainda era aquela menina que eu vi no primeiro dia de aula. Era surreal que o mundo ainda parasse enquanto eu olhava para ela. Fiz um gesto com a mão e a chamei pelo nome. Ela parou no meio do caminho e demorou alguns segundos para conseguir encontrar sentido naquilo. Ela estava estarrecida, mas não era para menos. Eu tinha simplesmente sumido da vida dela. Fazia muito tempo que ela não me via. Nem ela, nem ninguém. Eu queria ressurgir das cinzas como a fênix e arrebatar o coração dela para sempre. Quem faria isso por alguém? Quem teria coragem de mudar tudo para simplesmente falar que ama outra pessoa?

Foram muitos assuntos durante o jantar. Eu queria saber como tinha sido sua vida até aquele dia. Ela estava perto de se formar e não tinha mais nenhum contato com a Ana Júlia. Estava trabalhava em uma agência de publicidade no Jardim Botânico. Reclamou um pouco do trabalho, mas disse que estava feliz de ter conseguido emprego antes de se formar. Também me falou de um namorado e eu quis morrer, mas ela me contou que estava com ele fazia um tempo e que achava que a relação não tinha muito futuro. Que talvez ele não fosse o cara certo para ela ficar definitivamente. Disse que tentou me falar que estava gostando dele, no dia em que terminou nosso namoro que nunca existiu, mas que eu fui embora antes. Nesse momento eu achei melhor me abrir logo. Eu joguei a carta que tinha na manga. Eu fiz o movimento mais importante nessa partida e, depois disso, era só esperar o movimento dela para saber qual seria o meu futuro.

— Eu fiz a cirurgia de redução de estômago. Eu fiz por você.

Os olhos dela se arregalaram. A boca não fechava de jeito nenhum. Pensei comigo mesmo: "Peguei."

— João… você tá lindo. E você era lindo. Sempre vai ser, mas a sua beleza é muito maior que o mundo pode ver. Você é um cara sensacional e eu tenho certeza de que vai encontrar alguém que te ame verdadeiramente e profundamente. Mas esse alguém não sou eu.

Vai tomar no cu! Vai tomar no cu! Você tem noção do que eu fiz por você?! Vai tomar no meio do olho do seu cu! Não! Eu não falei isso para ela, mas eu pensei. O que mais me deu raiva era saber que ela estava sendo sincera. Eu vi verdade nos olhos dela. E agora? O que eu iria fazer? O motivo era ela e agora não tinha mais motivo. Eu fiquei tão desnorteado que não percebi que estava igual a um zumbi no metrô, segurando as flores que eu entreguei a ela. As flores que ela deixou sobre a mesa quando foi embora. A confusão era tanta que acabei descendo uma estação antes da Afonso Pena. Quando subi as escadas rolantes percebi que estava no Estácio. Olhei para o banco onde Ana Júlia e eu tínhamos conversado pela última vez. Ali, naquele momento, eu chorei de verdade.

Nossa, como eu chorei. Acho que eu nunca tinha chorado tanto. Talvez eu nunca tivesse chorado de verdade desde os meus doze anos. Penso que fui colocando as minhas derrotas na conta da minha barriga e ela cresceu. Talvez tenha faltado choro, né? O choro acaba sendo uma válvula de escape para isso tudo que a gente vai colocando para dentro e não joga fora. Eu senti um alívio tão grande, mas tão grande, que cheguei a ficar tonto. É possível que eu tenha criado tudo isso em minha cabeça. Todas as situações que me fizeram acreditar nessa coisa toda de achar que ela sentia alguma coisa por mim além de amizade. Ou será que a Ana Júlia tinha razão? Ana Júlia me tomou o pensamento por completo. Fiquei me sentindo um babaca por pensar nela. Sentado naquele banco, cheguei a uma dolorosa conclusão. Eu era gordofóbico. E a complexidade de assumir isso para mim mesmo era surreal. Eu simplesmente absorvi tudo o que me feriu. Eu me tornei o monstro que me consumia a alma. Eu não quis a Ana Júlia. Eu ignorei a Ana Júlia. Eu não dei a oportunidade para que ela me mostrasse alguma coisa diferente do que eu queria acreditar.

E, no meio desse pensamento, a conversa que tivemos naquele banco me voltou à cabeça, como se tivesse sido escrita e decorada. Obviamente lembrei da história da sua antiga faculdade e do que aquele babaca tinha feito com ela. Era ele. O Gustavo tinha sido o babaca que quase acabou com a vida da Ana Júlia. Ele foi o primeiro babaca da vida dela. Eu era o segundo. Eu estava tão mergulhado na pena que sentia de mim mesmo que simplesmente ignorava todo o resto.

Eu não tinha o direito de pensar nela, mas estava pensando. Realmente tenho esse poder de afastar as pessoas. Fiz isso com todos que verdadeiramente me olharam na alma e me falaram que estava tudo bem.

Foi necessário emagrecer e engordar para que eu percebesse que existe muita coisa que a gente não sabe, ou não percebe, ou simplesmente ignora. Se você for pensar no cérebro humano, vai perceber que é um grande emaranhado de ideias. Cada minhoquinha daquelas é um pensamento que você teve na vida. Os mais dobrados são as coisas que estavam na sua cara e você ignorou. E eu tinha mais uma minhoquinha agora. E o nome dela era Ana Júlia.

Quando cheguei em casa, reativei minhas redes sociais. Ao abrir, em vez do choro, eu tive uma crise riso. O status de relacionamento da Amanda estava como relacionamento sério com o Gustavo. Você é capaz de acreditar nisso? Eu não acreditei. Mesmo completamente atônito, fiquei rindo da minha incrível capacidade de ser um babaca. Digo isso porque, embora estivesse rindo de raiva, eu queria a felicidade deles agora. Que ele broxasse, mas que fossem felizes até o dia de ela dar um pé na bunda dele e ele ficar largado em um bar, bebendo a solidão de não ter a mulher que ama.

Meu pensamento se concentrava agora única e

exclusivamente na Ana Júlia. Eu queria falar com ela. Eu queria pedir perdão e dizer que tinha entendido muita coisa agora, mas não conseguia encontrar espaço para isso. Não consegui montar em minha mente nenhum cenário onde isso poderia acontecer. Em todas as projeções que eu fazia, ela me odiava no final. É muito triste quando você não consegue arrumar desculpa para algo ruim que fez. É horrível você precisar constatar que, sim, você foi um filho da puta e nada do que faça ou diga vai mudar isso.

# CAPÍTULO 23

Não posso negar que fiquei admirado quando decidi me comunicar com a Ana. A internet tem um poder que é inquestionável. Em pouco tempo, uma pessoa completamente desconhecida pode viralizar. E foi assim. Ana Júlia viralizou. Um dos seus vídeos dançando caiu no gosto da internet. Quanto mais eu olhava, mais feliz eu ficava. Milhares de seguidores, milhões de visualizações. Uma garota gorda que dança maravilhosamente bem e que agora era chamada para se apresentar com vários artistas, por todo o Brasil. Eu mandei uma mensagem, mas ela nunca visualizou. Pela quantidade de seguidores, era provável que ela nunca fosse ver aquela mensagem. Mas eu mandei novamente, e outra, e mais uma. Eu curtia tudo. Cada show, cada apresentação, cada vídeo novo. Ela realmente merecia aquilo. Eu realmente não a merecia.

— E aí você voltou a engordar depois disso?

— Talvez… Tá aí… Acho que sim.

Eu tinha me perdido. Me perdi nessa tentativa de ignorar tudo. Me perdi quando servi de espelho para o que me machucava. Me perdi nessa tentativa louca de ser alguém para outra pessoa e não para mim. Me perdi nessa confusão mental que o mundo nos provoca para aceitarmos o título de errado. Meu maior erro foi ter acreditado que só sendo magro eu seria feliz, como dizem nas propagandas da Herbalife. A felicidade não está somente no corpo. E como é bom perceber isso agora. É maravilhoso poder ver que eu não precisava ser igual ao cara da capa da revista, e que eu poderia chorar, sem problema nenhum. Que eu não precisava esconder nenhuma delicadeza e que demonstrar essa delicadeza para os outros não me tornava menos homem. A felicidade de perceber tudo isso veio acompanhada de uma fome avassaladora. Restaurantes, amigos novos, família. Sorriso no rosto. A comida acabou sendo uma boa justificativa para ser feliz, mas desta vez com prazer. Não existia culpa ou dor. Só existia prazer de estar vivo e poder dividir isso com os outros. Por isso eu precisava voltar aqui para contar isso tudo. Eu precisava vir aqui e dizer que agora eu entendi o seu parecer negativo.

Por isso eu precisava escrever esta história. Por isso eu precisava eternizar esta caminhada. Por isso eu precisava encontrar meus demônios e entender que agora estava tudo bem. Lembrar que o sol sempre vai nascer no dia seguinte e que, junto com ele, sempre vai existir uma possibilidade de ser verdadeiramente feliz e acertar com as pessoas à minha volta. O que aconteceu, aconteceu. E, por pior que tenha sido, tudo acaba ficando bem. Basta fazer como a Ana Júlia me ensinou. Basta não desistir de tentar entender essa coisa louca que é a vida. E eu não desisti. Na verdade, acho que agora comecei a viver de verdade. É incrível como o que acontece dentro da gente modifica tudo, mas é inegável que coisas precisam acontecer por fora para que a parte de dentro se modifique. Não é só de dentro pra fora. Não é só de fora pra dentro. É uma alternância de sentimentos e ações, uma via movimentada de acontecimentos e a forma como lidamos com eles que nos torna quem somos de verdade.

Mesmo tendo engordado praticamente tudo de novo, eu já sei que posso mudar isso quando estiver emocionalmente preparado. E tudo bem se não quiser modificar, é só cuidar para que nada saia completamente do controle. Lembrei do meu encontro com a Larissa, aquela noite na boate, e sobre como ela me falou sobre estar bem resolvido comigo mesmo antes de virar definitivamente a página. Resolvi ligar pra ela. Claro que bateu aquela insegurança de ter engordado, mas eu não tinha mais medo. E foi maravilhoso estabelecer com ela

uma relação sem medos, sem expectativas, sem sentimentos escondidos. E mesmo que essa relação não tenha evoluído para algo mais sério, foi incrível viver isso sem tensão, sem depositar nela uma esperança de felicidade.

E agora resta curtir essa amizade bacana que ficou entre nós. Tudo no seu devido lugar. É o mesmo prazer de mergulhar em uma piscina por vontade própria e, durante o mergulho, abrir os olhos e observar a beleza que existe em flutuar. É aceitar o meu corpo e todas as suas possibilidades.

# CAPÍTULO 24

Você já reparou que as perguntas são sempre as mesmas? Nossa, como você engordou! É problema hormonal? Como pode um rapaz bonito como você estar gordo desse jeito? Você é gordo porque come muito! Ah, jura? Pensei que fosse a força do pensamento! Eu sentei em casa aos sete anos de idade, fechei meus olhos e implorei a Deus: "Eu quero ser gordo! Eu quero ser gordo! Eu quero ser gordo!". Pronto, fiquei gordo.

Algumas coisas podemos esconder do mundo. Imagina que esteja no centro de uma grande cidade. Milhares de pessoas passam por você. Algumas bonitas, outras feias, outras estranhas, mas, tirando os casos avançados de debilidade, você não consegue dizer ao certo quem está bem ou mal de saúde. A pessoa pode estar sendo consumida por alguma doença maldita, mas consegue escolher quem vai ou não saber disso. O gordo não. É nítido. Explícito. Todo mundo observa e se sente no direito de falar, com a desculpa de se preocupar com a saúde... Mas não é só uma questão de saúde, não é mesmo? Não é você ter um hemograma com os níveis corretos. É a aparência. E ninguém quer saber. Tá incomodado? Emagrece! A forma é pequena. Sempre escuto isso quando preciso comprar uma roupa. Forma de quem? Quem serviu de medida?

Quem é o modelo de tamanho?

Hoje em dia a forma importa mais que o conteúdo. As pessoas analisam mais a foto do perfil e a circunferência abdominal do que os pensamentos que você tem a compartilhar. Alguém pode até me dizer que isso tudo, esse relato, é apologia à obesidade. Não é isso. É apologia à felicidade. Não a felicidade de comer feio um louco, mas a felicidade de poder ser, pelo tempo que for necessário, sem se afundar numa falsidade existencial. Poder abrir a janela de casa e sentir que sou bem-vindo, que tenho amigos, e não ter medo de estar sendo ridicularizado em algum grupo no WhatsApp. É não querer ter medo, entende? Pode parecer brega, e talvez e seja brega mesmo. Mas é loucura? Vai que, de repente, sem essa pressão toda revestida de amor, eu consiga comer melhor, sabendo que algumas dores podem ser superadas, mas não esquecidas.

Talvez a gordura no meu fígado diminua se eu conseguir sorrir mais com a alma do que só com a boca. Talvez eu entre numa aula de dança para fazer as coreografias das boy bands da minha infância. Vai saber? Eu acho, acho mesmo, que daqui para a frente vai ser diferente para mim. Eu vou sempre me lembrar do meu amor pela Amanda, do meu não amor pela Ana Júlia, da minha decepção com o Gustavo, do meu arrependimento com o Francisco e do meu primo Eduardo, sempre.

Eu continuo indo uma vez por semana encontrar esse cara que me ajudou a entender tudo. Um dia ele falou que seria interessante se eu escrevesse sobre o que vivi. Foi o que eu fiz. Eu já tinha terminado essa história, mas um último acontecimento me fez voltar e escrever essa parte. Eu sempre comento os posts da Ana Júlia com um coração, sempre. Hoje acordei com um inbox no Instagram. Era uma mensagem dela. Desta vez eu não preciso tentar lembrar das palavras certas, eu posso simplesmente copiar e colar.

"Oi, João! Vi você nos comentários e, quando fui te mandar essa mensagem, reparei que você já tinha me enviado várias. Desculpe, é muita gente aqui. Estou bem e espero que você também. Eu entendi e aceitei que nossa história não iria acontecer. Quando fui ao hospital te visitar, era para te avisar que eu tinha visto a Amanda saindo com o Gustavo e que ele era o cara da história que eu tinha te contado. Já passou tanto tempo, João…A vida é assim mesmo. Ainda que a gente não esteja mais próximo, conversando enquanto tomamos uma casquinha mista no Boulevard Olímpico, eu continuo torcendo para que você se entenda e tenha a noção do seu lugar neste mundo. Eu sempre vou te querer bem. De repente, a gente se esbarra por aí… Ou não… Vai saber… Bjs no coração"

Eu não sei se lá na frente eu vou sentir vontade de escrever a outra parte da minha história, essa que eu ainda não vivi mas que já parece ser maravilhosa. Semana passada me matriculei em uma aula de dança e a única coisa que pedi ao professor foi para ensinar alguma coreografia dos Backstreet Boys ou do NSYNC.

Se voltar a escrever, a única certeza que eu tenho é que vou tentar melhorar esse problema de memória. Tentar lembrar de cada detalhe, de cada sorriso, de cada risada e até mesmo dos dias ruins onde o mundo parece nos engolir com seus padrões e formatos. Eu vou ter feito de tudo para ser maior que tudo isso. E tenho certeza de que, finalmente, serei maior que o mundo.

Abração. Até a próxima.